MÁQUINA KAFKA

Máquina Kafka
FÉLIX GUATTARI

Publicado originalmente como
Les 65 rêves de Franz Kafka © 2006
Nouvelles Editions Lignes
© n-1 edições, 2022
ISBN 978-65-86941-86-9

Seleção e notas **Stéphane Nadaud**
Tradução e pósfacio **Peter Pál Pelbart**

*Embora adote a maioria dos usos editoriais
do âmbito brasileiro, a n-1 edições não segue
necessariamente as convenções das instituições
normativas, pois considera a edição um
trabalho de criação que deve interagir com a
pluralidade de linguagens e a especificidade
de cada obra publicada.*

n-1 edições
coordenação editorial **Peter Pál Pelbart e
    Ricardo Muniz Fernandes**
direção de arte **Ricardo Muniz Fernandes**
assistente editorial **Inês Mendonça**
revisão de prova **Ana Godoy**
projeto gráfico **Érico Peretta**

2ª edição | São Paulo | fevereiro, 2022
n-1edicoes.org

FÉLIX GUATTARI

MÁQUINA KAFKA

Seleção e notas **Stéphane Nadaud**
Tradução e posfácio **Peter Pál Pelbart**

Ⴖ–1
edições

OS 65 SONHOS DE FRANZ KAFKA[1]

1 Este texto foi redigido em 1985 e se encontra nos arquivos do IMEC. Tratava-se de um trabalho preparatório, e as correções manuscritas pelo autor foram aqui levadas em consideração. Foi publicado pela primeira vez em *Le Magazine Littéraire* sob o título "Kafka o rebelde" [n. 415, dezembro de 2002, p. 57-62].

Kafka escreve em seu diário que sua vida se aparenta a um sonho. Isto não significa de modo nenhum que ele vivia "na lua", que vagasse num mundo de aproximação e de *flou* artístico. Se vivia como em sonho, também sonhava como escrevia, de sorte que uma aliança literária enleava continuamente suas realidades cotidianas e seu imaginário artístico (o que, aliás, não acontecia sem dificuldade!). Seja como for, ele tinha os seus sonhos na mais alta conta, como o atesta o fato de que, apesar das perdas e destruições que sua obra conheceu, dispomos hoje de mais de 60 deles, distribuídos ao longo do *Diário* e da *Correspondência*, de 1910 a 1924, ano de sua morte. Sua transcrição com certeza devia constituir para ele mais do que uma fonte de inspiração: um instrumento de escritura, um método de elaboração de seus objetos literários.

Nessa época, *A Interpretação dos Sonhos* de Freud, que tinha passado totalmente despercebida por dez anos desde sua aparição, começava a ganhar o renome mundial que se conhece. E não se pode duvidar de que Kafka tivesse conhecimento dela. Porém, ele sempre foi muito reticente em relação às interpretações psicanalíticas. No primeiro momento, as obras psicanalíticas — escreve ele a Max Brod, em 1917 — "vos saciam de maneira surpreendente, mas imediatamente depois nos reencontramos com a mesma antiga fome". Ele recusa, pois, entregar-se passivamente aos acasos do processo primário, tal como Freud estimava tê-los descoberto. Sua concepção do trabalho do sonho requer algo inteiramente distinto de uma "atenção flutuante"; ele mobiliza, ao contrário, uma vigilância especial, uma inteligência e uma sensibilidade exacerbadas.

Recorde-se que, para Freud, a cena do sonho era inapta para qualquer criação efetiva: ela não era senão uma superfície de registro dos metabolismos profundos do inconsciente. O sonho opera por "colagem", por "*cut-up*" (como se dirá mais tarde, na época da Beat Generation), as novas sínteses que ele constitui são soldadas em "aglomerados" por uma espécie de "cimento solidificado". E o que confere consistência a tais aglomerados sua chave simbólica — para tomar de empréstimo desta vez aos estruturalistas —, escapa-lhes por definição. Por isso os "complexos" se mantêm sempre passivos: sua apreensão depende de reconstruções feitas a partir de instâncias conscientes que lhes permanecem exteriores, e o domínio sobre seus sentidos pertence aos psicanalistas capazes-ao menos têm eles essa pretensão — de decifrá-los e desatá-los a partir da marca transferencial que deles recebem. Inteiramente outra é a abordagem kafkiana. Trata-se essencialmente, nesse caso, de fazer trabalhar seus pontos de singularidade. Ali onde a interpretação freudiana parava — diante do que Freud designava por "umbigo do sonho" —, tudo começa para Kafka. Evitando submeter os pontos de não sentido ao jugo de qualquer hermenêutica, ele os deixará proliferar, amplificarem-se, a fim de engendrar outras formações imaginárias, outras ideias, outros personagens, outras coordenadas mentais, sem sobrecodificação estrutural de nenhum tipo. Instaura-se assim o reino de processos criadores, antagonistas à ordem estabelecida das significações. Processos de produção de uma subjetividade mutante, portadora de potencialidades passíveis de indefinidos enriquecimentos. Examinemos agora algumas características dessa "pragmática" kafkiana do sonho.

SONHO, VIGÍLIA, SONO

A experiência do sonho deve ser considerada como distinta tanto da experiência da vigília quanto da do sono (Kafka não para de queixar-se do cansaço que lhe provocam seus sonhos: suas noites são "desperdiçadas em sonhos malucos"; "por volta das cinco horas, consumi até o último vestígio de sono; já não faço senão sonhar, o que é mais extenuante do que permanecer acordado"). Contar um sonho não consiste apenas em produzir um discurso fechado sobre si, que teria como objetivo único transmitir uma dada quantidade de informações a respeito de um acontecimento onírico. É também um ato de enunciação que vale por si e que pode desempenhar uma função particular no interior de uma estratégia intersubjetiva, especialmente no contexto de uma correspondência amorosa. Assim, quase a metade dos sonhos que se pode coletar em Kafka provém de cartas endereçadas a pessoas próximas (Grete Bloch, Max Brod, Felix Weltsch, sua irmã Ottla), sobretudo a sua primeira noiva, Felícia Bauer, e ulteriormente a Milena Jesenská. Ao que parece, Kafka esperava que em troca lhe endereçassem outros sonhos. Ele faz um pedido explícito nesse sentido a Ottla ("Escreva-me em detalhe sobre o que lhe concerne, fale-me sobretudo de suas preocupações, igualmente de seus sonhos, se o desejar, mesmo à distância isso tem uma significação"). A propósito de uma interpretação que ele sugere para um sonho de Felícia, chega a falar de um "sonho coletivo" que ela teria tido por ambos [37: "Em contrapartida quero interpretar seu sonho... Não é diferente para mim: é um sonho coletivo que você teve por nós dois"].[2]

2 Os sonhos de Kafka foram numerados por Félix Guattari em algarismos romanos para a antologia que ele preparava (a lista que ele tinha começado a estabelecer, depositada no IMEC, é lacunar; ela agrupa 66 sonhos que não

TRÊS INDÍCIOS

Se as cartas falam muito dos sonhos, os sonhos também falam muito das cartas. Três indícios encontram-se neles frequentemente associados: um fluxo de cartas; a evocação de uma máquina; uma ou várias moças.

A) Um fluxo de *cartas*. Na fase de "loucura epistolar", que marcou o início de seu amor por Felícia, Kafka tem um sonho em que recebe dela uma verdadeira torrente de cartas [18: "Um carteiro me trazia duas cartas suas registradas, uma em cada mão... Senhor, eram cartas encantadas! Eu podia puxar dos envelopes tantas folhas escritas quantas quisesse, nunca eles se esvaziavam. Encontrava-me no meio de uma escada e, se quisesse retirar dos envelopes tudo o que neles restava, eu devia... jogar nos degraus aquelas que eu já tinha lido. A escada inteira estava coberta de alto a baixo por uma camada espessa dessas páginas já lidas..."³].

Em outra parte, tratam-no de "glutão", referindo-se à quantidade de cartas e cartões recebidos dela ou a caminho [19:

---

correspondem à numeração desse texto). Para a presente edição, nós os identificamos (o que não ocorreu na publicação do *Magazine Littéraire*), remetendo à edição da Pléiade atualmente disponível. A tradução é a que Guattari usava – a das *Œuvres complètes*, edição do Cercle du Livre Précieux, de 1964, realizada por Marthe Robert e Alexandre Vialatte, retomada na atual edição da Pléiade. As citações de Guattari, salvo uma exceção ou outra, são fiéis. [Para a edição brasileira, optamos por substituir os algarismos romanos pelo sistema decimal]. O sonho 37 corresponde a F. Kafka, *Carta a Felícia*, de 3 de março de 1915 (datada por Kafka como 1914, in *Œuvres complètes*, tomo IV. Paris: Gallimard, 1989, p. 165). Kafka manteve com Felícia Bauer uma relação essencialmente epistolar de 1912 a 1917, apesar de terem ficado noivos duas vezes.

3 F. Kafka, *Carta a Felícia*, de 17 de novembro de 1912, in *Œuvres complètes*, op. cit., pp. 63-4.

"Só direi uma coisa, é que fui repreendido por minha impaciência de uma maneira encantadora, que me deixava feliz. Chamavam-me de "glutão" e enumeravam as cartas e os cartões que eu tinha recebido nos últimos tempos ou que estavam a caminho."[4]

Quando suas relações com Felícia se turvam, é uma massa de folhas finas, escritas por uma mão que num primeiro momento parece-lhe desconhecida, que sai de um mesmo envelope [30: "Penso que esta carta não pode ser aquela que eu espero, ela é fininha, escrita por uma mão desconhecida em caracteres delgados e pouco firmes. Porém eu a abro e dela sai uma massa de folhas finas inteiramente escritas, todas aliás pela mão desconhecida."[5]] Anos depois, numa carta a Milena, ele evocará ainda outros fluxos de carta, associados a "flores, bondade e consolação" [58: "Mas duas horas depois chegavam cartas e flores, bondade e consolação."[6]]

B) Uma *máquina*. Antes de tornar-se um horrível instrumento de tortura em *Na Colônia Penal*, a máquina de cartas é sonhada primeiramente sob a forma de um personagem mágico: um carteiro sacudindo os braços "como as bielas de uma máquina a vapor" lhe entrega duas cartas, que por sua vez engendram um

---

4 F. Kafka, *Carta a Felícia*, da noite de 6 a 7 de dezembro de 1912 (provavelmente de 7 a 8 de dezembro), *Œuvres complètes*, tomo IV, op. cit., pp. 134-5.

5 F. Kafka, *Diário*, 24 de novembro de 1913, in *Œuvres complètes*, tomo III. Paris: Gallimard, 1984, pp. 318-9.

6 F. Kafka, *Carta a Milena*, da *"segunda-feira"*, 14 de junho de 1920, in *Œuvres complètes*, tomo III, op. cit., pp. 931-4. Milena Jesenská foi jornalista e anarquista tcheca, com quem Kafka teve uma relação epistolar passional entre 1920 e 1923. As cartas endereçadas a Milena não estão datadas, mas o dia está anotado.

fluxo ininterrupto de folhas escritas por Felícia [18[7]]. Depois é uma máquina telegráfica que, ao ser acionada, faz correr uma longa fita de mensagens transmitidas por Felícia e dá lugar a uma verdadeira carta dela [19: "... eu tinha medo daquele telégrafo. Mas eu precisava telegrafar-lhe... O aparelho era construído de tal maneira que bastava pressionar um botão, e no mesmo instante a resposta de Berlim aparecia numa fita de papel... Depois disso vinha uma carta de verdade que eu conseguia ler bastante bem..."[8]]. Numa noite de menos fasta, é sua chegada em automóvel que precede a vinda de uma carta, que não é aquela que ele espera [30[9]], ou ainda uma enorme máquina administrativa, que ele desafia a fim de impor o encaminhamento de uma carta a Milena, cujo endereço ele estranhamente perdeu [57: "... eu tinha esquecido seu endereço, não somente a rua, mas também a cidade, tudo, só havia o nome de Schreiber que sobrenadava... Eu escrevia num envelope: Milena, e abaixo: 'Favor fazer chegar esta carta, sob pena de infligir um prejuízo formidável à Administração das Finanças.' Eu esperava que essa ameaça obrigasse a mobilizar todos os meios ao alcance do Estado a fim de localizá-la."[10]]

7 F. Kafka, *Carta a Felícia*, 17 de novembro de 1912, in *Œuvres complètes*, tomo IV, op. cit., pp. 63-4.

8 F. Kafka, *Carta a Felícia*, noite de 6 a 7 de dezembro de 1912 (provavelmente de 7 a 8 de dezembro), in *Œuvres complètes*, tomo IV, op. cit., pp. 134-5.

9 F. Kafka, *Diário*, 24 de novembro de 1913, in *Œuvres complètes*, tomo III, op. cit., pp. 318-9.

10 F. Kafka, *Carta a Milena*, da "*sexta-feira*", 11 de junho de 1920, in *Œuvres complètes*, tomo III, op. cit., pp. 924-5.

C) Uma ou várias *moças*. Ottla, sua irmã caçula, é a primeira moça apropriada à transmissão das cartas vindas de Felícia (É ela quem aciona a máquina telegráfica mencionada anteriormente) [19: "... aconteceu de minha irmã caçula chegar ali imediatamente e ela começava a telegrafar em meu lugar."[11]] Em seguida, aparece uma criada — "moça delicada cujo andar é muito leve ou talvez hesitante e que traja um vestido cor de folhas mortas — " que lhe estende uma carta da irmã, igualmente caçula, de Felícia. (A cena acaba bastante mal porque Kafka se opõe vivamente a que uma criança olhe esta carta por cima de seu braço) [30: "... quando vejo uma das criadas se aproximar e descer ao jardim, é uma moça delicada cujo andar é muito leve ou talvez hesitante e que traja um vestido cor de folhas mortas... Começo a ler com avidez, quando meu vizinho da direita, não sei se é um homem ou uma mulher, provavelmente uma criança, lança um olhar sobre a carta por cima de meu braço. Eu grito: 'Não!'"[12]].

Encontraremos moças, desta vez aos milhares, num sonho em que se aborda uma carta de Felix Weltsch [48: "... muitas moças e mulheres vinham às suas aulas... uma moça qualquer jogava bola... sentada sobre o estrado havia uma moça grande de olhos negros... eu comparava minha ignorância com os imensos conhecimentos dessa moça... havia muitas senhoras. Num banco da segunda fileira à minha frente (coisa estranha, essas senhoras estavam sentadas de costas para o estrado)... havia também

---

11 F. Kafka, *Carta a Felícia*, noite de 6 a 7 de dezembro de 1912 (provavelmente de 7 a 8 de dezembro), in *Œuvres complètes*, tomo IV, op. cit., pp. 134-5.

12 F. Kafka, *Diário*, 24 de novembro de 1913, in *Œuvres complètes*, tomo III, op. cit., pp. 318-9.

uma ligeira semelhança com a moça que fazia a leitura..."[13]. E é ainda uma moça que o acompanhará quando um atraso do correio complicar um encontro com Milena [58: "... eu não estava só; algumas pessoas me acompanhavam, entre elas uma moça, creio eu..."[14]. Por último, é num sonho relatado a Ottla que descobriremos a conjunção mais perfeita: carta-moça-máquina-aqui, a máquina de imprensa — pois, para sua grande surpresa, ele se verá lendo um artigo em quatro colunas, escrito por sua irmã, intitulado "Uma Carta" e publicado num semanário sionista de Praga [64: "Esses dias li num sonho um artigo seu na *Selbstwehr*. Era intitulado 'Uma Carta', quatro longas colunas, linguagem muito vigorosa. Era uma carta endereçada a Marta Löwy, que devia consolá-la da doença de Max Löwy. Eu não entendia muito bem por que ela estava no *Selbstwehr*, mesmo assim alegrava-me muito com ela"[15].

TRAÇOS DE SINGULARIDADE

Os traços de singularidade dos sonhos encontram-se em grande número nas novelas, romances (e também nos fragmentos, esboços, variantes...). Destaquemos, a título de ilustração:

13 F. Kafka, *Carta a Felix Weltsch* datada de meados de outubro de 1917, in *Œuvres complètes*, tomo III, op. cit., pp. 820-2. Felix Weltsch é um filósofo, amigo próximo de Kafka.

14 F. Kafka, *Carta a Milena*, da *"segunda-feira"*, 14 de junho de 1920, in *Œuvres complètes*, tomo IV, op. cit., pp. 931-4.

15 F. Kafka, *Carta a Ottla*, 17 de abril de 1920, in *Œuvres complètes*, tomo III, op. cit., p. 968. Otília, apelidada de Ottla, é a irmã caçula de Kafka. Martha e Trude são as primas de Kafka, filhas de seu tio Richard Löwy.

A) Aquele que consiste inclinar *inclinar para a frente a cabeça ou o corpo*.

A menina que aparece com o dorso coberto de círculos vermelhos [3[16]] está com a cabeça dependurada no vazio. No sonho do teatro, onde se representa uma peça de Schnitzler, os espectadores são obrigados a baixar a cabeça e apoiar o queixo contra o espaldar da frente, em razão da disposição do palco [8: "O palco está um pouco abaixo da sala, olha-se para ele baixando a cabeça, o queixo contra o espaldar..."[17]]. No sonho que se passa em Berlim em companhia do pai, Kafka, com o rosto inclinado, olha os excrementos humanos que cobrem seu peito [13[18]]. No da criada e do prato de molho, é o desejo por Felícia que o leva a pousar a cabeça sobre a mesa [21: "O desejo por você me impelia a pousar a cabeça sobre a mesa e a espreitar o que acontecia do seu lado"[19]]. No do "homem no triciclo", ele se acha curvado até o chão, as pernas afastadas [27: "... o triciclo continuava a andar e eu era forçado a segui-lo, inclinado até o chão e as pernas afastadas..."[20]]. Também está encurvado para a frente, acima de um outeiro, quando escreve sobre o que parecia ser uma pedra tumular [38: "... a pedra era muito alta, ele não precisava se abaixar,

16 F. Kafka, *Diário*, 9 de outubro de 1911, in *Œuvres complètes*, tomo III, op. cit., pp. 101-3.

17 F. Kafka, *Diário*, 19 de novembro de 1911, in *Œuvres complètes*, tomo III, op. cit., pp. 161-4.

18 F. Kafka, *Diário*, 6 de maio de 1912, in *Œuvres complètes*, tomo III, op. cit., pp. 161-4.

19 F. Kafka, *Carta a Felícia*, de 3 a 4 de janeiro de 1913, in *Œuvres complètes*, tomo IV, op. cit. p. 207.

20 F. Kafka, *Diário*, 17 de novembro de 1913, in *Œuvres complètes*, tomo III, op. cit., pp. 315-6.

mas era obrigado a inclinar-se para a frente, pois o outeiro, no qual não queria pisar, o separava dessa pedra"[21]. É igualmente seu pai quem tenta dependurar-se na janela e que ele retém com todas as suas forças [39: "Ele se debruça ainda mais, eu usando minhas forças ao extremo para retê-lo"[22]. Ou então é o doutor H. que está [42: "... sentado atrás de sua mesa de trabalho, não sei como, ao mesmo tempo recostado e inclinado para a frente..."[23]].

B) Os dentes. Trata-se de um caso particularmente significativo de transferências de singularidade dos sonhos para as narrativas (ou o inverso) [23: "... sonhei com dentes o tempo todo; não eram dentes ordenados num maxilar, mas dentes engrenados..."[24]].

[55: "... eu precisava inchar as bochechas e torcer a boca como se me doessem os dentes"[25].]

C) Os cães [10: "Do outro lado da passagem, o sr. Tschissik chicoteava um são-bernardo loiro e peludo, que ficava em pé

21 F. Kafka, capítulo inacabado de *O Processo*, in *Œuvres complètes*, tomo I, Paris, Gallimard, coll. Pléiade, 1976, p. 488. Nos 65 sonhos, Guattari só indexou dois sonhos extraídos de ficções de Kafka; fato notável, os dois sonhos (este e um outro não utilizado por ele para esse texto, o de número 34, que conta a aparição do pintor Titorelli a K.), escritos para *O Processo*, foram riscados do manuscrito por Kafka.

22 F. Kafka, *Diário*, 19 de abril de 1916, in *Œuvres complètes*, tomo III, op. cit., p. 412.

23 F. Kafka, *Diário*, 6 de julho de 1916, in *Œuvres complètes*, tomo III, op. cit., p. 417.

24 F. Kafka, *Carta a Felícia*, 4 de abril de 1913, in *Œuvres complètes*, tomo IV, op. cit. pp. 355-6.

25 F. Kafka, *Diário*, 20 de outubro de 1921, in *Œuvres complètes*, tomo III, op. cit., pp. 513-4.

diante dele, apoiado sobre as patas traseiras. Não se distinguia claramente se o sr. Tschissik só brincava com o cão... se o cão o tinha atacado seriamente ou se, afinal, ele queria impedi-lo de pular sobre nós"[26].

[11: "Um cão estava deitado sobre mim, uma pata próxima ao meu rosto..."[27].

D) Igualmente relacionados a esses índices de submissão: as personagens enfiadas numa libré [31: "... para esta ocasião, foi enfiado numa libré"[28] — que evoca também aquela do pai de Gregor em *A Metamorfose* ou a do criado de *Um Médico Rural*.

E) Dançarinas e criadas [1: "Eu rogava em sonho à dançarina Eduardowa... criadas e outras balconistas..."[29].

[21: "... eu notava a garçonete... o jantar acontecia num hotel e a moça era uma empregada..."[30].

[53: "Se se quisesse indicar com mais exatidão que tipo de gente ela é, seria preciso dizer que pertence à categoria das

26 F. Kafka, *Diário*, 8 de dezembro de 1911, in *Œuvres complètes*, tomo III, op. cit., p. 176. Kafka, muito interessado pelo teatro ídiche de Isaac Löwy, acabou se enamorando de uma das atrizes, Sra. Tschissick, que era casada.

27 F. Kafka, *Diário*, 13 de dezembro de 1911, in *Œuvres complètes*, tomo III, op. cit., p. 179.

28 F. Kafka, *Diário*,14 de fevereiro de 1914, in *Œuvres complètes*, tomo III, op. cit., pp. 338-9.

29 F. Kafka, *Diário*, 1909 (?), in *Œuvres complètes*, tomo III, op. cit., p. 3. O fragmento de diário mais antigo, datado provavelmente de 1909, começa com um sonho. Eugenia Eduardowa é uma dançarina dos balés russos que Kafka tinha assistido em maio de 1909.

30 F. Kafka, *Carta a Felícia*, 4 de abril de 1913, in *Œuvres complètes*, tomo IV, op. cit., p. 207.

balconistas"[31]]. E, no mesmo paradigma, "carregadoras" [63: "...
três moças lindamente vestidas... muito magras, a bem da verdade: carregadoras"[32]].

F) **As prostitutas** [3: "A fileira de apartamentos era entrecortada por vários bordéis... o último quarto desses apartamentos também era um bordel... as moças estavam deitadas na beirada do assoalho. Eu enxergava nitidamente duas delas, no chão... Eu estava ocupado principalmente com a moça cuja cabeça pendia no vazio... Eu apalpara suas pernas, depois me contentara em pressionar o alto de suas coxas num ritmo regular. Extraíra daí um prazer tão grande que me surpreendia por ainda não ter tido que pagar nada por esse divertimento..."[33]].

G) **As mulheres marcadas na carne** [8: "... quando passa por cima dela, seu dorso está completamente nu, a pele não é muito nítida, tem até uma equimose, grande como uma maçaneta e esfolada, acima da anca direita"[34].]

H) **As moças cegas** [2: "Tive, esta noite, uma aparição terrível, a de uma criança cega, aparentemente a menina... Esta criança

31 F. Kafka, *Carta a Max Brod*, 6 de fevereiro de 1919, in *Œuvres complètes*, tomo IV, op. cit., pp. 922-3. Max Brod, escritor e jornalista, foi amigo e executor testamentário de Kafka.

32 Guattari comete aqui um equívoco: trata-se, na sua classificação, do sonho 62 e não do 63, *Carta a Milena*, de "*terça-feira*", 10 de agosto de 1920, in *Œuvres complètes*, tome IV, op. cit., pp. 1040-1.

33 F. Kafka, *Diário*, 9 de outubro de 1911, in *Œuvres complètes*, tomo III, op. cit., pp. 101-3.

34 F. Kafka, *Diário*, 19 de novembro de 1911, in *Œuvres complètes*, tomo III, op. cit., pp. 161-4.

cega, ou padecendo de uma fraqueza da vista, com os dois olhos ocultos pelos óculos; o olho esquerdo, por trás da lente situada bem longe, era de um cinza leitoso e seu globo saltava, o outro afundava e estava dissimulado por uma lente grudada nele"[35].

[17: "No segundo sonho você estava cega... a reunião das moças cegas..."[36]].

I) As presenças femininas estranhas, para não dizer diabólicas [58: "... você falando só da maneira mais vaga... Você não se parecia muito com você, você era muito mais negra, com um rosto descarnado..."[37]. [59: "Minha bem-amada é uma pomba de fogo que passa voando pela terra. Nesse momento ela me mantém abraçado. Mas não são os que ela abraça que ela conduz, e sim os que enxergam"[38]. [63: "... é que não paramos de nos transformar um no outro... você pegou fogo, não sei como... Mas aí as metamorfoses começaram, e no fim das contas você já não estava lá... No entanto você tinha se tornado diferente, espectral, desenhada a giz no escuro..."[39]].

35 F. Kafka, *Diário*, 2 de outubro de 1911, in *Œuvres complètes*, tomo III, op. cit., pp. 88-9.

36 Guattari comete aqui um equívoco — trata-se, na sua classificação, do sonho 20 e não do 17: F. Kafka, *Carta a Felícia*, de 6 a 7 de dezembro de 1912 (provavelmente de 7 a 8 de dezembro), in *Œuvres complètes*, tomo IV, op. cit., pp. 134-7.

37 F. Kafka, *Carta a Milena*, da "*segunda-feira*", 14 de junho de 1920, in *Œuvres complètes*, tomo III, op. cit., pp. 931-4.

38 F. Kafka, *Carta a Milena*, da "*terça-feira*", 15 de junho de 1920, in *Œuvres complètes*, tomo IV, op. cit., p. 934.

39 F. Kafka, *Carta a Milena*, da "*segunda à noite*", 20 de setembro de 1920, in *Œuvres complètes*, tomo III, op. cit., pp. 1092-3.

Constata-se que esses pontos de singularidade oníricos não existem apenas sob a forma estática. Eles podem corresponder a transformações internas aos sistemas de referência do tempo, do espaço, do corpo, da vontade etc. — e estamos autorizados a pensar que não foram sem influência sobre as "mutações de universo" próprias às narrativas kafkianas. É assim que se encontram, em certos sonhos, retardamentos que parecem prefigurar os que caracterizam a aproximação de *O Castelo*. Depois de ter, em companhia do pai, atravessado em bonde algumas ruas de Berlim obstruídas por uma quantidade considerável de barreiras pintadas, Kafka escala com grande esforço uma parede coberta de excrementos humanos, que endurecem à medida que ele avança. Seu pai, ao contrário, sobe com facilidade, quase dançando [13: "... erguia-se uma parede dura que meu pai escalava quase dançando, suas pernas flutuavam de tanto que a subida lhe resultava fácil... Eu só chegava ao topo com o esforço o mais extremo, de quatro, depois de ter caído repetidas vezes como se a parede ficasse mais dura à medida que eu trepava. O que tornava a coisa ainda mais penosa é que (a parede) era coberta de excrementos humanos que ficavam pendurados em pacotes sobre mim..."[40]].

No sonho das "moças cegas", ele tem de enfrentar um caminho extremamente abrupto (e ensolarado) [20: "Então eu subia correndo o caminho que ladeava um muro liso e que agora estava extremamente abrupto e ensolarado"[41]]. Ao passo

40 Kafka, *Diário*, 6 de maio de 1912, in *Œuvres complètes*, tomo III, op. cit., pp. 254-5.

41 F. Kafka, *Carta a Felícia*, de 6 a 7 de dezembro de 1912 (provavelmente de 7 a 8 de dezembro), in *Œuvres complètes*, tomo IV, op. cit., pp. 134-7.

que, no do "homem do triciclo", ele se encontra numa estrada obstruída por lixo e lama solidificada [27: "Num caminho escarpado, mais ou menos no meio da costa e principalmente sobre a calçada, começando à esquerda caso se olhasse de baixo, havia montes de lixo ou de lama solidificada que tinham se esboroado e progressivamente perdiam altura à direita, enquanto à esquerda elevavam-se tão alto quanto as paliçadas de um cercado"[42]]. [28: "Num caminho...", mesmo texto que 27 até "conclusão"[43]].

Como em contraponto a essas inibições, em outros lugares aparecem acelerações incoercíveis: as alamedas do cemitério desfilam sob os passos de Josef K. à maneira de uma correnteza rápida [38: "Havia ali alamedas complicadas que serpenteavam da maneira mais incômoda, mas ele deslizou numa delas, como numa correnteza rápida..."[44]], enquanto nas ruas de Viena ele se vê arrastado com Milena numa dupla correnteza de uma "circulação maluca" e de um [58] "diálogo loucamente rápido, todo em pequenas frases, clic, clac, clic, clac, que prosseguem até o fim do sonho".[45]

Voltemos ao sonho das "moças cegas", pois talvez ele nos revele uma chave importante desses retardamentos e, simetricamente, das precipitações vertiginosas. Ao termo de sua penosa escalada para juntar-se a Felícia, Kafka percebe que carrega um

---

42 Kafka, *Diário*, 17 de novembro de 1913, in *Œuvres complètes*, tomo III, op. cit., pp. 315-6.

43 Ibid.

44 F. Kafka, capítulo inacabado de *O Processo*, in *Œuvres complètes*, tomo I, op. cit., p. 487.

45 F. Kafka, *Carta a Milena*, da "*segunda-feira*",14 de junho de 1920, in *Œuvres complètes*, tomo IV, op. cit., pp. 931-4.

enorme código de leis austríaco, o qual supostamente deveria ajudá-lo a reencontrar sua noiva e a falar corretamente. Depois se dá conta de que não teria necessidade do código, uma vez que ela ficou cega, portanto, seria preferível livrar-se dele [20: "De repente eu segurava nas mãos um enorme código de leis austríaco que eu tinha muita dificuldade para carregar, mas que devia ajudar-me de um modo ou outro a encontrá-la e a falar-lhe corretamente. A caminho, entretanto, ocorria-me que, já que você era cega, meu aspecto exterior e minhas maneiras felizmente não teriam influência nenhuma sobre a impressão que eu lhe causaria. Depois dessa reflexão, não havia nada que eu quisesse mais do que me livrar do código, no qual eu via um fardo inútil"[46]]. Teria ele, ao final da provação, descoberto um meio mágico para acabar com esta Lei particular que o persegue e que parece disparar em sua amiga uma espécie de cegueira e, no que lhe diz respeito, estranhos comportamentos de evitação? Dois anos mais tarde, em fevereiro de 1914 — seis meses antes do início da redação de *O Processo* —, nós o encontramos em sonho à procura de Felícia. Ele não consegue localizá-la. Será por uma meia hora? Ou por seis minutos? É-lhe impossível obter um guia da cidade. De novo um livro se apresenta como um engodo. Parece um guia, mas na realidade ele não contém senão uma lista das escolas berlinenses, uma estatística fiscal e outras coisas do gênero [32: "Impossível obter um mapa de Berlim. Vejo seguidamente na mão de uma pessoa um livro que parece um guia. E resulta seguidamente que o livro contém algo inteiramente diferente, uma lista das escolas berlinenses, uma estatística fiscal ou não sei o quê do mesmo gênero. Não quero acreditá-lo, mas

---

46 F. Kafka, *Carta a Felícia*, de 6 a 7 de dezembro de 1912 (provavelmente de 7 a 8 de dezembro), in *Œuvres complètes*, tomo III, op. cit., pp. 134-7.

dão-me provas incontestáveis, sorrindo"[47]. Sempre a mesma cartografia assignificante do desejo!

DESDOBRAMENTOS E MISTURAS

A escritura do sonho, a elucidação discursiva de seus pontos de ruptura com a Lei permite elaborar um levantamento mínimo de seus efeitos vividos, conjurando-os parcialmente. Parecem ir nesse sentido os questionamentos do corpo próprio com:

1) as impressões de desdobramento [31: "Um homem qualquer me acompanha sempre, uma sombra, um camarada, não sei quem é"[48]. (Em Berlim, a caminho da casa de Felícia.)

2) as metamorfoses intersubjetivas [63: "Não cessávamos de nos transformar um no outro, eu era você, você era eu..."[49]].

3) as misturas incorporais dos corpos [22: "Nós não nos dávamos o braço, porém estávamos ainda mais próximos"[50]].

47 O sonho 32 é o mesmo que o sonho 31. F. Kafka, *Diário*, 13 de fevereiro de 1914, in *Œuvres complètes*, tomo III, op. cit., pp. 338-9.

48 Kafka, *Diário*, 14 de fevereiro de 1914, in *Œuvres complètes*, tomo III, op. cit., pp. 338-9.

49 F. Kafka, *Carta a Milena*, da *"segunda à noite"*, 20 de setembro de 1920, in *Œuvres complètes*, tomo IV, op. cit., pp. 1092-3.

50 F. Kafka, *Carta a Felícia*, de 11 a 12 de fevereiro de 1913, in *Œuvres complètes*, tomo IV, op. cit., pp. 284-5. Nessa passagem, Kafka desenha os dois braços entrelaçados.

Contudo, o fato de levar em conta aspectos processuais positivos, resultantes dos"pequenos desfalecimentos" kafkianos, atos falhos, cisão do eu..., deveria proibir-nos de permanecer nas concepções deficitárias do "sintoma", o qual teria por função simplesmente trazer uma compensação semiótica a um distúrbio. Isso nos leva a distinguir esquematicamente três modalidades no que diz respeito às "técnicas" de tratamento desses pontos de singularidade:

A) Durante uma fase que ainda é pós-expressionista e que dura até a grande crise amorosa com Felícia, um incidente menor terá por consequência desencadear uma catástrofe maior [30: "Uma criança lança um olhar sobre a carta por cima de meu braço. Eu grito 'Não!'. Todos os comensais nervosos põem-se a tremer"[51]]. Kafka, ao despertar, esforça-se para reencontrar o fio desse sonho premonitório. Ele não consegue; ou só o consegue alguns meses mais tarde, porém dessa vez na realidade, em Berlim, no AskanischerHof, com o "processo" de ruptura de seu noivado, sobre o qual Elias Canetti escreveu que ele mesmo, Kafka, o preparara "como não o havia feito ainda nenhum réu no mundo". Podemos reconhecer essa micropolítica do incidente em novelas como *O Veredito*, com a descoberta de Georges Bendemann de que seu pai lê sua correspondência às escondidas, levando-o a saltar pela janela — o que evoca um *raptus* psicótico — ou com o despertar desagradável de Gregor Samsa, em *A Metamorfose*, que se transforma em irreversível pesadelo.

---

51 Kafka, *Diário*, 24 de novembro de 1913, in *Œuvres complètes*, tomo III, op. cit., pp. 318-9.

B) O incidente perde seu caráter de exterioridade em relação ao acontecimento desencadeante: correlativamente, certos textos de sonhos se tornarão eles mesmos indiscerníveis dos textos literários e vice-versa. É o caso em particular daquele do "pequeno desfalecimento" do guarda de mausoléu [45: "... ele tossira e pusera-se a esfregar sua perna esquerda..."[52]] e das diversas novelas que giram em torno do tema do "Holandês Voador". Porém, a mais espetacular ilustração desse novo uso dos traços de singularidade nos é dada com *O Processo*, de cujo manuscrito, aliás, curiosamente, dois sonhos foram excluídos. Esse processo de "fagocitação" e de neutralização das singularidades talvez fosse mais evidente se estivéssemos em condições de reconstituir a ordem verdadeira em que Kafka pensava distribuir os capítulos que nos chegaram. Pode-se, com efeito, sustentar razoavelmente a hipótese de que ele não tinha a intenção de fazer evoluir seu romance para a conclusão catastrófica que conhecemos e que, ao contrário, conduzia seu herói através de uma espécie de percurso iniciático — retomada fantástica do tema goethiano dos "anos de formação" — ao cabo do qual ele conseguiria "curar-se" de seu processo.

C) A última modalidade poderia ser chamada de maturação perversa do processo literário. Ela ganha toda sua importância no curso da relação entre Kafka e Milena e da redação de *O Castelo*. Nele, o incidente já não só é incorporado e neutralizado na discursividade narrativa; ele desempenha um papel motor e, pode-se até dizer, fundador de um gozo ficcional. Reencontramos aí, uma vez mais, o tema da perda do objeto amado [57: "... eu tinha esquecido seu endereço, não só a rua,

---

52 Texto do sétimo caderno intitulado *Sonho em farrapos*, in *Œuvres complètes*, tomo II. Paris: Gallimard, p. 420.

mas também a cidade"[53]. Segue-se uma reação de desespero e a imprecação já mencionada: que se faça chegar essa mensagem a Milena, custe o que custar, "sob pena de infligir um prejuízo formidável à Administração". Porém, no sonho seguinte [58[54]], as coisas se apresentam de outro modo. Já não há, propriamente falando, incidente desencadeante ou sintoma relacionado à psicopatologia da vida cotidiana, pois o relato não é mais ele mesmo senão um tecido de rasgões, de dilaceramentos das coordenadas espaço-temporais e sociais ordinárias, e descobrimos que já está mergulhado na atmosfera de *O Castelo*. Kafka chega a Viena numa movimentação louca para encontrar Milena. Ele está acompanhado de um grupo de pessoas que ele não conhece, gente que fala sem parar, que se mete a torto e a direito em seus negócios (o que evoca os dois "ajudantes" de *O Castelo*: Artur e Jeremias). Numa *loggia*, ao lado de seu marido, Milena aparece como "algo branco-azulado, fluido, espectral"; depois se encadeia um diálogo de pequenas frases ultrarrápidas, já evocado, ao longo do qual eles trocam reflexões desagradáveis sobre seus respectivos trajes. Eles se põem a discutir asperamente sobre se ela o acompanhará e, se não, quando se verão novamente. Os "ajudantes" recordam-lhe que ele veio para visitar uma escola — um outro eco do início de *O Castelo*? Dirigem-se todos à estação de trem. Mas ele esqueceu o nome da localidade onde se encontra a tal escola. Ele olha Milena e constata que seu aspecto físico não lhe agrada. A discussão maluca não cessa. Decidirá ela partir com ele? Por fim, através de um silêncio de Milena,

53 F. Kafka, *Carta a Milena*, da *"sexta-feira"*, de 11 de junho de 1920, in *Œuvres complètes*, tomo IV, op. cit., pp. 924-5.

54 F. Kafka, *Carta a Milena*, da *"segunda-feira"*, de 14 de junho de 1920, in *Œuvres complètes*, tomo IV, op. cit., pp. 931-4.

a verdade se revela: "De que lhe serviria que eu viesse?" Franz pergunta-lhe se será obrigado a esperá-la o dia inteiro. A única concessão que obtém dela — e, na verdade, seu único verdadeiro desejo — é que ela conceda-lhe a permissão para esperá-la. E, de novo, o dispositivo de procrastinação epistolar é instaurado [58: "Eu voltava à cidade sem saber como, titubeando. Mas duas horas depois chegavam cartas e flores, bondade e consolação"[55]]. No sonho seguinte, estará sentado ao lado dela [59: "Você me repelirá amavelmente..."[56]]. Mais uma vez, o triângulo da máquina infernal do desejo, da mulher e da carta, que os mantém à distância, fecha-se sobre ele.

A REALIDADE POÉTICA EM SI

Bruno Schulz foi um dos primeiros a insistir sobre o fato de que "os livros de Kafka não são um quadro alegórico, um curso, nem uma exegese de qualquer doutrina, mas uma realidade poética em si".[57] Por certo, Kafka não é o primeiro a ter inventado um novo modo de produção de subjetividade por meio da literatura. Mas sem dúvida é um dos que mais radicalmente depuraram

55 *Œuvres complètes*, tomo IV, op. cit., pp. 931-4.

56 F. Kafka, *Carta a Milena*, da "*terça-feira*", 15 de junho de 1920, in *Œuvres complètes*, tomo IV, op. cit., pp. 931-4. O texto original não está no futuro: "... *você me repelia amavelmente...*".

57 Bruno Schulz, «Postface à la traduction du Procès" [Varsovie: ROJ, 1936], *La Quinzaine Littéraire*, n. 402, outubro de 1983. Este parágrafo foi publicado, com pequenas diferenças, em três páginas para o espetáculo *Rêves de Franz Kafka*, criado no Théâtre des Quartiers d'Ivry no dia 17 de setembro de 1984 (adaptação de Enzo Cormann, montagem de Philippe Adrien e dramaturgia de Dominique Boissel).

seus meios, de modo a conferir-lhes uma eficácia "otimizada" — como se diria hoje — no domínio da prosa. O equivalente, de algum modo, a um Lavoisier quando empobreceu qualitativamente os procedimentos da antiga química do flogístico, para revelar as chaves de leitura mais rigorosas das reações químicas.

O próprio Kafka talvez tivesse consciência de participar de um tipo de "corrida de revezamento nunca interrompida", como o escreveu Nathalie Sarraute, cujo bastão ele teria tomado "das mãos de Dostoiévski, com certeza mais do que de qualquer outro".[58] É verdade que suas obras, do ponto de vista do conteúdo, estão nas antípodas uma da outra; mas em ambas reencontra-se efetivamente a mesma preocupação de aprofundamento "polifônico" do romance, a mesma exploração das "harmônicas sociais" através do discurso e da língua do outro, para retomar expressões de Bakhtin.[59]

Nessa perspectiva, parece-me que o lugar ocupado pelos sonhos no modo de produção da subjetividade kafkiana deve ser realçado. Pois, longe de corresponder a um fechamento sobre si, a um qualquer narcisismo, ele marca uma abertura analítica sobre exteriores insuspeitados, aqueles de um certo "ar do tempo", encarnando novos gestos e reflexos de um "socius" cada vez mais submetido ao domínio das burocracias ascendentes. Novos ritornelos, novos "cronotopos", descreve Bakhtin, operando tanto aquém da unidade da pessoa quanto propriamente na história das longas durações. O objetivo desta produção é sempre duplo, ambíguo, ao mesmo tempo defensivo e ofensivo.

58 Nathalie Sarraute, "De Dostoïevsky à Kafka", *Les Temps Modernes*, n. 25/27, 1947. *L 'Ere du soupçon*. Paris: Gallimard, 1964, pp. 52-55.

59 Mikhail Bakhtine, *Esthétique et théorie du roman*. Paris: Gallimard, 1978. F. Kafka, Diário, 9 de novembro de 1911, in *Œuvres complètes*, tomo III, op. cit., pp. 152-3.

Trata-se, por um lado, de ultrapassar o horror da "sólida delimitação dos corpos" e, por outro, de promover um gozo da carta — frequentemente qualificada de diabólica —, colocando em circulação efeitos de sentido, afetos incorporais e máquinas abstratas capazes de dar expressão não só às formações atuais do inconsciente, mas também às de nosso futuro imediato, tal como ele pôde ser "calculado" por meio dos "lances de dado" geniais que constituíram a vida de Kafka.

Os sonhos kafkianos, a exemplo do "grande teatro da natureza" abordado no final de *Amerika*, mobilizam os meios semióticos os mais diversos e heterogêneos: os do teatro, da dança, do cinema, da música, das formas plásticas e, ainda uma vez, por certo, da escritura! Recordemo-nos daquele sonho em que se representava, entre outras coisas, uma festa imperial seguida de uma revolução, da qual Kafka nos dá as didascálias [7: "Tudo era teatro, ora eu estava no alto na galeria, ora no palco... o cenário era tão grande que não havia outra coisa para ver, nem palco, nem sala, nem escuridão, nem rampa luminosa..."].

◆

PROCESSOS E PROCEDIMENTOS[1]

1 Esse texto data de fevereiro de 1984. Nas notas depositadas no IMEC, leva o título "Diabólico em toda inocência: processos e procedimentos de Kafka" (a expressão, emprestada ao diário de Kafka, é longamente analisada em *Kafka, por uma literatura menor* de G. Deleuze e F. Guattari, p. 58 e ss.). Sob o presente título, ele foi publicado no catálogo do Centro Georges Pompidou, editado por ocasião da exposição *Le siècle de Kafka* (Paris, 7 de junho - 1° de outubro de 1984, pp. 262-260), e na coletânea de artigos de Félix Guattari, 1980-1985: *Les années d'hiver*. Paris: Barrault, 1986, pp. 263-271. A sair em breve pela n-1 como *1980-1985, Os anos de inverno*.

"...era sobretudo necessário, se ele queria chegar ao objetivo, eliminar *a priori* toda ideia de culpa."

Franz Kafka[2]

Até seu encontro com Felícia Bauer, a técnica literária de Kafka consistia em alguns *procedimentos* capazes de fazer ressoar, sob um modo poético, sequências contemplativas. A dupla revelação, de seu amor por Felícia e da incapacidade manifesta de assumir suas consequências, o conduziria a modificar profundamente sua apreensão da literatura. Viu-se então implicado num *processo* de transformação de sua relação com a escritura, permitindo-lhe, senão suplantar essa prova, ao menos sobreviver-lhe (sabe-se que, durante esse período, ele estivera literalmente obcecado pela ideia do suicídio). Muito mais que uma simples crise inscrita numa linha de evolução contínua, tratou-se de uma ruptura profunda, uma mutação de seu universo mental, acarretando um novo paradigma literário, a cuja exploração ele dedicou parte importante de sua obra ulterior.

Alguns comentadores trataram de associar a obra de Kafka à literatura do século XIX, até mesmo à do XVIII. Tal perspectiva só parece pertinente, e de modo relativo, no que diz respeito a uma parte da obra, inspirada no *procedimento* anterior aos anos 1912-1914. Em contrapartida, ela corre o risco de não enxergar a *crise processual* que constitui sua mola principal. Ela

2 F. Kafka, *O Processo*. Tr. br. Modesto Carone. São Paulo: Cia das Letras, 1997.

implica uma abordagem redutora, uma leitura "achatada", que desconhece o caráter essencialmente quebrado e fragmentário do discurso kafkiano, que proíbe considerar separadamente textos acabados, esboços, variantes, a correspondência, o diário, em suma, o conjunto dos elementos relativos à trajetória vivida. Esse problema de posicionamento histórico não é acadêmico: ele não provém dessas querelas entre antigos e modernos, que os manuais escolares apreciam; ele pertence à própria obra. Pois, de um lado, alguns de seus traços estilísticos efetivamente clássicos parecem desenvolver-se com o rigor e a austeridade de uma fuga de Bach ou de um oratório de Haendel, a partir de uma célula temática central, feita de ruminação obsessiva, de inibições e fugas perturbadas, de atos falhos e de questionamentos esquizos. Enquanto isso, por outro lado, esse mesmo oratório ou essa fuga não cessam de desbordar seu enquadre propriamente literário propagando-se, pelo viés de dimensões trans-semióticas múltiplas e segundo a fórmula a mais moderna da "obra aberta", por todas as artes, na política tanto quanto na linguagem e sensibilidade ordinárias. Passaríamos ao largo do "efeito Kafka", na sua eficácia atual e vitalidade insistente, caso não renunciássemos à *ilusão retrospectiva* de apreender as peças propriamente literárias – as novelas, os romances – como totalidades potencialmente acabadas, como obras que em outras circunstâncias seu autor teria podido concluir. É precisamente esse inacabamento fundamental, essa precariedade crônica que conferem ao kafkianismo sua dimensão processual, sua potência de abertura analítica, que o arranca à herança normativa que lastreou quase toda a literatura do século XX.

O efeito de enigma e a ambiguidade permanente, engendrados pelo texto kafkiano, devem-se, a meu ver, ao fato de que eles disparam no leitor, paralelamente ao seu nível de discurso literário manifesto, um trabalho de processo primário, através do qual se expressam as potencialidades inconscientes de toda uma época. Daí a necessidade, a fim de apreender essa dinâmica, de não isolar os dados literários dos dados biográficos e históricos. A esse respeito, talvez fosse proveitoso aproximar esse tipo de enigma daqueles presentes em obras igualmente surgidas no entrecruzamento de várias "constelações de universos" – penso em particular nos pintores que tiveram que assumir, com plena força, as consequências do corte cezanniano; reencontraríamos aí a mesma travessia, de um *processo assignificante* no contrafluxo de uma *textura significante*, desdobrando linhas de fuga mutantes, tanto lógicas quanto afetivas.

O Processo, assim, nesse ponto de báscula entre o procedimento e o processo, poderia ser lido como a história da afirmação de uma nova máquina escritural analítica sobre um velho ideal identitário. Veem-se nele, em sobreimpressão, antigas intensidades expressionistas — cuja relevância predomina nos cinco primeiros capítulos —, uma técnica repetitiva de figuras e esquemas abstratos. Outro dilema: outra armadilha! Convém reportar essas figuras e seus esquemas a uma mesma "estrutura profunda", a uma mesma axiomática fantasmática, como a imagem dos temas e variações nos convidava anteriormente? Ou será, ao contrário, que eles partem à deriva, proliferando em "rizoma" na exploração de efeitos de sentido e de afetos à solta ou vegetando nos limbos? Aqui, igualmente, as duas vias parecem encavalar-se; pois esse trabalho de processo primário opera não apenas contra as significações e *patterns* dominantes, mas também retorna a eles para desviar-lhes as finalidades éticas e micropolíticas, e promover-lhes um novo uso. Sublinhemos que a questão não é determinar se, no final das contas, esse desvio está inscrito numa perspectiva globalmente religiosa, laica ou anarquista, mas apenas tomar conhecimento do que Kafka confessou várias vezes: que ele se entregou à literatura como a uma perversão que acabou se impondo entre ele e a sociedade ordinária. É dessa tensão ao nível mais elementar entre dois modos de concatenação do sentido — um de manutenção de um estado de coisas correlato a diversas formas de conservantismo burocrático e a uma expressão literária clássica, o outro de percussão, de despedaçamento e de recristalização das redundâncias familiares — que nascem esses efeitos sinaléticos irredutivelmente equívocos, misturando efeitos de *déjà vu* aos pressentimentos de catástrofes ao mesmo tempo estranhas, inauditas e alegres, próprios do kafkianismo.

Não é, pois, senão sob a condição de separar os diversos gêneros de escritura que se conseguirá apreender a importância da dimensão que se pode qualificar de erótica, dessa catálise literária de uma outra realidade, e especialmente se for dado um lugar privilegiado ao gênero "carta à amada". Esta confina efetivamente na perversão, na medida em que implica sempre o mesmo gênero de roteiro estereotipado, ou seja: o ato de tomar posse epistolar de uma mulher que, no início, lhe é quase desconhecida e que acaba seduzindo e encadeando à distância, a ponto de perturbá-la gravemente. Mas a façanha que consiste em manter em suspenso, pelo maior tempo possível, esse gênero de gozo exacerbado e desterritorializado, encontra inevitavelmente seu limite.

Em *O Veredicto* (que se pode considerar, junto com *A Metamorfose*, como uma última tentativa de conjuração dos componentes diabólicos da máquina de escritura — *"No fundo, eras uma criança inocente, mas mais no fundo ainda um ser diabólico"*), Georges Bendemann, depois de ter longamente hesitado em escrever uma carta a seu amigo celibatário na Rússia para anunciar-lhe seu noivado, descobre com estupor que, há muito tempo, seu pai entretinha uma correspondência paralela à sua, tendendo, de algum modo, a duplicá-la e neutralizá-la; o que o leva imediatamente a suicidar-se, proclamando: *"Queridos pais, apesar de tudo sempre vos amei!"*. Em contrapartida, *O Processo* repousa sobre bases bem diferentes; está indicado, de imediato, que um tal desfecho suicidário já não está na ordem do dia. Destaquemos, a esse propósito, um incidente, um desses índices semióticos a partir dos quais prolifera a criação kafkiana, girando em torno, aqui, daquilo que eu chamaria a maçã do extremo limite. Logo após sua detenção, Joseph K. morde com todos os dentes uma maçã — a última que lhe resta — e confessa a si mesmo que, feitas as contas, ele a prefere bem mais ao café da manhã que os policiais acabam de tomar-lhe ou à bebida que ele poderia obter deles. Ora, essa maçã, já a encontramos em *A Metamorfose* como projétil mortal que Samsa recebe de seu pai, instigado pela irmã. Também ali é a última de uma série que ele acreditou, até então, inofensiva. Não reencontramos mais, em *O Processo*, a conotação fatal que Kafka confere, em *A Metamorfose*, a esse símbolo tradicional de inocência e de pecado; convém notar, contudo, que ela continua a rondar suas significações potenciais, já que Joseph K. empenha-se em pensar que seria insensato suicidar-se unicamente porque dois homens estão comendo seu almoço num quarto vizinho e porque você está reduzido a trincar uma maçã... Não, decididamente, morder a maçã não anuncia mais o declínio do pecador — deveríamos dizer do criador de problemas —, antes marca sua entrada deliberada, para não dizer conquistadora, no universo fechado de uma maceração jubilatória, ancorada, que os juízes muito especiais de *O Processo* classificariam talvez no registro da *"moratória ilimitada"*. Eis-nos aqui remetidos a uma primeiríssima utilização iniciática da maçã, em *Amerika*, quando Karl Rossman recebia uma em dom, de sua amiga Teresa, por ocasião de sua partida movimentada do hotel Ocidental e de sua entrada no mundo infernal e maluco de Delamarche e de Brunelda.

Durante anos, uma parte considerável do metabolismo literário de Kafka girou em torno dessa *"lasca na carne"* da impossível relação com Felícia. A engrenagem das cartas, o noivado em Berlim na primavera de 1914, a primeira grande rutpura seguida de uma retomada que lhe deixará três meses depois o sentimento de ser *"amarrado como um criminoso"*, o *"tribunal do Askanischer Hof"*, as reconciliações, a busca de uma moradia, a escolha de uma mobília, o cortejo de visitas às famílias e aos amigos das famílias. E sempre o fluxo torrencial das *Cartas* – a meu ver, a primeira obra-prima. E sempre a questão lancinante: como preservar a máquina de escritura? Como não ceder às garras do real: *"Fico inquieto ao ver alguns de meus hábitos perturbados e minha única concessão consiste em representar um pouco a comédia. Ela se equivoca nas pequenas coisas, ela se equivoca quando defende seus direitos pretensos ou reais, mas no conjunto ela é inocente, uma inocente condenada a uma cruel tortura, fui eu que cometi o mal pelo qual ela é condenada e sou eu, para coroar, que sirvo de instrumento de tortura."*

A libertação, a *"capitulação definitiva"*, se abaterá sobre ele com a tuberculose: no dia 4 de setembro, Max Brod o arrasta ao médico; em 12 de setembro, ele consegue uma licença e se instala na casa de sua irmã Ottla, em Zürau; em 19 de setembro, dirige uma carta de adeus a Felícia; em 27 de dezembro, ruptura definitiva. Prostração, crise de choro no escritório de Brod... Mas ele resiste. Está quebrado. Ele se agarra com todas as suas forças à escritura; trabalha n'*O Processo*.

◆

KAFKA´S BAND [1]

1 Texto redigido no início de 1984 para um jornal, publicado por ocasião da exposição *O século de Kafka*, no Centro Georges Pompidou.

Vocês certamente o reconhecerão! É um magro alto, encurvado, com olheiras de pássaro noturno. Excesso de luz! (Todo o contrário de Goethe). Excesso de barulho! Ele, que sobretudo não queria ser notado nem criar problemas — ou então só pelo prazer da escritura. E eis que agora tudo gira em torno dele. Dir-se-ia que ele está por toda parte na multidão, na época. Em menos de um século, ele terá desencadeado o maior recorde de interpretações e de mal-entendidos, e terá feito com que lhe lançassem sobre os braços a mais estranha cascata de "processos" que se possa imaginar.

O primeiro deles, por ordem de importância, ocorreu em julho de 1914, num grande hotel de Berlim, o Askanischer Hof. É desse evento que ele devia extrair a matriz analítico-literária de seu romance *O Processo*. Nesse dia, uma reunião — de família e de amigos — tinha sido convocada por sua noiva, Felícia Bauer, a fim de questionar, perante testemunhas, sua atitude dilatória em relação à data de seu casamento. Ela o acusara duramente, porém ele não respondera nada, não se defendera. Ao longo de sua vida, ele deveria conservar os estigmas da humilhação pública que esse *"tribunal do hotel"* havia-lhe infligido e onde, curiosamente, o papel do juiz estava sendo desempenhado por uma outra moça, Grete Bloch, a melhor amiga de Felícia, com a qual ele entretinha secretamente uma correspondência amorosa paralela.

Lembraremos igualmente da *Carta ao Pai*, verdadeiro requisitório, com acentos por vezes paranóicos, onde, através de sua própria família, ele faz o processo de todas as formas de tirania conjugal e doméstica: o que não o impedia, aliás, de ficar fascinado por elas e de praticá-las de vez em quando!

Mais difícil de detectar, porque mais antigo e de ressonância mais arcaica, também houve o processo que ele não cessara de instruir contra si mesmo (*"Meu sentimento de culpabilidade sempre foi bastante forte, ele dispensa facilmente alimentos exteriores..."*) e que moveu sua exigência de perfeição literária, constantemente ameaçando sua obra, a qual se encontrava, assim, juncada de interrupções e autos-de-fé.

Houve, a seguir, os inúmeros comparecimentos de sua obra, essencialmente póstuma, diante dos diversos "júris" filosóficos, religiosos e políticos, que foram constituídos a fim de julgá-la, situá-la, enquandrá-la, neutralizá-la, na medida mesmo em que sua audiência se estendia a todo o planeta – fenômeno provavelmente único em seu gênero na história da literatura moderna, se o consideramos sob o ângulo de sua intensidade e persistência. Pode-se, a esse propósito, interrogar-se sobre a validade do termo "obra", entendido na sua acepção ordinária, para tratar de um tal fenômeno. Pois de fato, como apreender o contorno e a definição dessa"obra", já que o leque de interrogações e de mistérios que seu autor nos legou – decerto apesar dele mesmo – tornara-se conotado, em quase todas as línguas, pelo qualificativo "kafkiano", e que um certo "efeito Kafka", como creio poder designá-lo, estendera seus pontos de impacto, recrutara seus oficiantes, nos domínios os mais diversos? Deve-se hoje tentar esclarecer o kafkianismo através da obra de Kafka, ou se deve, ao contrário, tentar decifrar esta à luz dele? Mas sem dúvida as duas operações são complementares!

Isso nos conduz, *last but not least*, a essa apresentação do *Século de Kafka* diante da ampla audiência do Centro Pompidou, que será uma ocasião, de certo modo, para rever e "rebater" todas essas formas de processos que acabamos de evocar. Não se tratará, certamente, Deus nos livre!, de uma nova trituração de "processo popular"! Mas antes, através de múltiplos testemunhos, exposição de "provas materiais", de debates entre especialistas (internacionais e também simples amadores), pelo viés do filme, do teatro e mesmo de uma surpreendente pesquisa de opinião, de um *processo de elucidação coletiva* ou, se se preferir, de uma amigável procissão da "coisa kafkiana" através dos tempos e no seu estado atual, que deveria permitir a todos e a cada um, ao menos assim o esperamos, considerá-la sob todos os seus aspectos, sendo que os do humor e do riso, cabe logo precisar, não serão os menos importantes!

◆

PROJETO PARA UM FILME DE KAFKA [1]

1 Guattari tinha o projeto, nos anos 1980, de realizar um filme a partir da obra de Kafka. Vários rascunhos e pistas de trabalho estão depositados no IMEC. Propomos aqui quatro textos, inéditos, suficientemente acabados para serem publicados (os raros acréscimos para tornar o conjunto coerente, feitos por nós, estão entre colchetes, bem como o título do conjunto): o primeiro, o *"projeto de trabalho"*, expõe a viabilidade do projeto. Provavelmente redigido para eventuais patrocinadores, ele expõe a construção extremamente elaborada do projeto. O segundo é uma *"nota complementar"* que já visualiza o que poderia ser o filme. Félix Guattari, em diversos rascunhos, propõe uma decupagem minuciosa do filme em várias partes, compostas por diversos segmentos cujo agenciamento é quase impossível, levando-se em conta os arquivos. O terceiro texto propõe um roteiro da primeira parte do filme (dividido em quatro desses segmentos). O quarto texto é a decupagem dessa primeira parte (decupagem *imagem* e *som* em paralelo, em duas colunas que reproduzimos aqui, indicando-as entre colchetes).

[I. PROJETO DE TRABALHO]

O projeto de trabalho sobre Kafka poderia ser dividido em três grandes partes:

1. um ateliê vídeo, comportando seis sessões longas a cada dois meses a fim de reunir material para um roteiro;
2. a confecção, por uma equipe restrita, do roteiro propriamente dito;
3. a realização eventual do filme.

Claro que estamos particularmente interessados pela fase 1. Ela comporta dois aspectos: o estudo de um projeto de filme sobre Kafka e o estudo mais geral do modo de trabalho em roteiros, numa espécie de análise crítica dos métodos atuais do cinema.

Estaremos, portanto, em presença de três problemas distintos de financiamento, a fase 1 a ser custeada provavelmente por diferentes televisões, em vista da produção de uma "série cultural", e as fases 2 e 3 assumidas pelos produtores.

A obra de Kafka e sua vida parecem prestar-se particularmente a esse tipo de projeto; com efeito, não nos parece razoável esperar que um roteirista capitalize sozinho todas as dimensões suscetíveis de serem utilizadas num filme (nos planos plástico, musical, sonoro, gestual etc.).

Convém recordar que a obra de Kafka foi ela mesma, no essencial, reconstruída do exterior por Max Brod, com base nos materiais separados a partir dos textos que Kafka queria queimar. Esta obra, para retomar a expressão de Umberto Eco, é essencialmente "*aberta*". Mas a máquina literária fez dela uma obra fechada: fabricou livros como *O Castelo* e *O Processo* a partir de rascunhos, fez opções, e um pesquisador holandês, Herman Uyttersprot, pôde demonstrar que a ordem dos capítulos dada por Kafka não havia sido respeitada. Na verdade, foram apresentados romances que não correspondem em absoluto ao que se pode reconstituir do projeto de Kafka. (Max Brod deu um jeito de encontrar uma espécie de conclusão religiosa para *O Processo*, quando são os capítulos com o personagem muito rico de Titorelli, aberto a todas as direções da arte e da sexualidade, que constituem a sequência natural do romance.) Tentamos mostrar que o capítulo da morte de K. é uma novela que de fato pode perfeitamente estar situada no início do livro. Mesmo um romance como *Amerika*, que parece o mais construído, é inacabado. Se olharmos de perto a obra de Kafka, percebemos que numerosas notas de apêndice, que, nas edições atuais, foram colocadas fora do texto, de fato têm tanta importância quanto o próprio texto. Nada nos garante que Kafka não teria modificado as obras que conhecemos a partir dessas notas por vezes microscópicas. Na verdade, penso que nem sequer temos base para distinguir, na obra de Kafka, o que constitui as novelas, os romances, o diário, a correspondência etc. Justamente porque Kafka tinha um ideal literário extremamente rigoroso — flaubertiano, kleistiano —, ele nos deixou uma obra de fracasso, segundo ele, uma obra despedaçada. Ele não reconhecia como válidas senão novelas como *O Veredito* ou *A Metamorfose*, e, no essencial, renegou sua obra. Mas por outro lado, implicitamente ele a reconhecia: certas observações nos mostram que o que lhe interessa são pequeníssimas frases, pequeníssimas sequências. Por exemplo, ele nos explica que no cinema o que lhe interessa não é o conjunto do filme, mas uma observação, uma réplica, e isso por vezes em filmes muito ruins.

Se quisermos respeitar o que nos parece ser a inspiração profunda do kafkianismo, devemos insistir em captar os elementos moleculares da obra e tratá-los em todas as matérias de expressão possíveis. O que interessava Kafka, e que deveria nos interessar no cinema, não são os personagens, as intrigas, mas os sistemas de intensidade, os gestos, os reflexos, os olhares — por exemplo, um rosto por trás de uma janela, atitudes, sensações, mudanças na gravidade, nas coordenadas de tempo e de espaço, espécies de dilatações ou de retrações de todas as semióticas perceptivas... Por muito tempo descreveu-se Kafka como um literato do século XIX; de fato, sua abordagem dos processos do inconsciente social talvez o situe no patamar do século XXI, no nível do que poderia ser um cinema do século XXI.

A ambição (desmedida) de nosso projeto seria, pois, fazer não um filme sobre a obra de Kafka, ou um filme sobre Kafka, mas um filme *de* Kafka: fazer viver a máquina Kafka nas coordenadas do cinema, trabalhar no interior da obra. Parece-me que só um grupo reunindo pessoas que tenham uma ótica diferente e portanto sistemas de singularidades específicas, poderá contribuir para arrebentar os temas, as significações que tendem a se impor por si mesmas. Poder-se-ia partir de sequências como a desses personagens, cabeça inclinada, barba esmagada sobre o peito, que se encarquilham sobre si; ou aqueles que se levantam de um só golpe, que atravessam o teto com a cabeça; essas cabeças de animais que surgem numa janela ou através de uma parede; os diversos devires-animal; o fato de que um pequeno detalhe se põe a germinar e transforma toda uma paisagem (penso em particular nessa cena da catedral, quando K. nota um detalhe num baixo-relevo e o romance, a partir dali, parece tomar uma outra orientação).

Não deveríamos, pois, de modo algum tentar localizar uma obra ou destacar um tipo de personagem. Com efeito, não é o mesmo personagem K. que atravessa as diversas obras, ou sequer cada uma de suas obras. Quando K. chega nos arredores do vilarejo, em *O Castelo*, se lemos com atenção o texto, percebemos que um certo número de características desaparecem na sequência do romance: parece no início um sujeito casado, uma espécie de representante comercial, um pouco como Kafka era na sua companhia de seguros; depois o personagem se define, toma uma certa autoridade, se inflete em diversas direções. Com K. de *O Processo*, de início estamos às voltas com um personagem extremamente ambicioso, orgulhoso, ligado aos grandes do banco – devemos lembrar que Kafka não era um pequeno burocrata, mas um funcionário importante, muito apreciado por seus superiores. No meio do caminho, K. perde em rigidez e ao mesmo tempo ganha uma espécie de autoridade... Não há aí incerteza, de fato há chaves a encontrar, há linhas de desejo a detectar, tanto em *O Castelo* como em *O Processo*, ou nas novelas. Uma dessas direções, que poderia ser explorada no início, mas também abandonada no meio do caminho, é um certo tipo de gozo, que chamamos de um "gozo burocrático", que se estabelece a partir das relações de poder do burocrata que "segura" seus empregados, que "acaricia" seus dossiês e que argumenta sem fim a respeito deles. Isso deveria nos levar a evitar fazer um filme *noir*, um filme triste, sendo que a obra de Kafka é essencialmente humorística, violenta e alegre.

O ateliê da fase I consistiria então em reunir um certo número de pessoas trabalhando a obra de Kafka a partir de sua ótica própria, apreendendo à sua maneira esses traços de desejo.

Alguns reterão tal tema da janela, ou da dama de preto com seu xale de seda em torno da cabeça, que reencontramos em toda a obra; ou então o do cachorrinho, espécie de pequeno monstro que te persegue de noite etc.

Trazer à tona esses temas desembocaria em proposições de composição, de montagem, de semiotização. Imagina-se que atores como Jean-Pierre Léaud tentariam captar tal gesto, tal atitude; ao passo que um artista plástico poderia esboçar uma perspectiva de cenário etc. O intervalo entre as sessões deveria permitir que um mínimo de resumo em vídeo seja apresentado na sessão seguinte, o que não significa de modo algum que de uma sessão à outra haja opções a fazer ou qualquer organização de trabalho. Com efeito, nessa fase se deveria ficar numa perspectiva exploratória, nada impede de contradizer-se a si mesmo de uma sessão à outra. Imagino facilmente que numa das sessões eu pudesse apresentar certas fazendas de Sologne como cenário para a novela *Imagens da Defesa de uma Fazenda*, mas também, na vez seguinte, poderia sugerir um contexto inteiramente abstrato. A polivocidade da inspiração coletiva não deveria de modo algum rebater cada intuição sobre um consenso, e é nesse sentido que o estilhaçamento da obra de Kafka deveria ser preservado. Assim, poderíamos talvez trazer à tona algumas dimensões que em geral são esmagadas no trabalho habitual do cinema. Trata-se tanto do trabalho do dialoguista quanto do músico, dos artistas plásticos, mesmo dos cenógrafos, das pessoas que se ocupam da iluminação, da mixagem dos sons, da maquiagem etc. Talvez cada um deles fosse capaz de infletir a opinião [comum] e captar um traço singularmente adequado para valorizar um sistema de intensidades particular.

Ao final deste ano de atividade, 12 a 20 horas de vídeo, resumindo o conjunto da empreitada, serviriam de material de base para dois tipos de trabalho:

1. a realização de um roteiro pela equipe responsável pela fase 2 (não necessariamente dominada por profissionais do cinema, mas isso depende de uma negociação com os produtores);

2. e de uma série de programas de televisão, no intuito de amortizar os custos, e que poderiam resultar numa sé cultural. Mas desde o início deveria ficar estabelecido que em momento algum o trabalho de ateliê seria influenciado pela equipe de vídeo com a intenção de "fazer espetáculo". A equipe de vídeo deverá fazer uma reportagem, participar do resto dos trabalhos, sem impor seu ponto de vista, referente à apresentação dirigida aos telespectadores.

A possibilidade de que uma parte desse material, acumulado na fase 1, seja utilizada na fase 3 de confecção do filme implica que esse trabalho seja feito com um vídeo de qualidade (provavelmente de duas polegadas).

Sobre a fase 3, sobre o filme propriamente dito, eu não diria nada mais, a não ser que, afinal, se pedirá ao produtor que assuma riscos limitados. Com efeito, o ateliê da fase 1 deveria ser financiado essencialmente pelas televisões, e se pediria ao produtor que financiasse uma parte da fase 2, isto é, a parte de trabalho da equipe de profissionais que participam no ateliê.

[2.] NOTA COMPLEMENTAR

Todo o filme se passa ao longo de um muro

- · muro da fazenda na chegada de K.;
- · muro atravessado por uma fenda de luz, designado pela mulher que escreve de noite e à qual vêm juntar-se as crianças;
- · muro do albergue através do qual Frieda mostra Klamm dormindo[2];
- · muro que duas crianças beiram e que "agarra" o pequeno Hans;
- · muro da fazenda, desta vez visto do interior e que se abrirá para deixar passar o cortejo oficial...

Durante a primeira metade do filme, o muro, visto do exterior, abriga um mistério, deixa K. pressentir a existência do castelo. Durante a segunda parte, depois de ter atravessado o muro na cena dramática das crianças, descobre-se que o castelo não tem nada de misterioso, que tudo o que acontece ali provém apenas de estereótipos, gesticulações e rituais burocráticos.

A unidade *plástica* e *musical* desse muro deveria atravessar todo o filme, as diversas cenas vindo de algum modo a destacar-se dele. É assim que cenas intermediárias, apresentando, por exemplo, um deslizamento ao longo do muro, ou então um face-a-face imóvel revelando modificações quase imperceptíveis que o trabalham (um pouco como no filme de Henri Michaux sobre a droga), poderiam ganhar uma grande importância, notadamente do ponto de vista musical, encontrando assim um elemento de unidade pelo mesmo tipo de mistura de sons, ruídos e falas que elas colocariam em jogo.

2 Frieda e Klamm são personagens de *O Castelo*.

O muro é sinônimo de ausência de rosto e de ausência de olhos. Pensei, nessas condições, que uma alternativa ao muro poderia ser proposta na forma de um rosto, sempre o mesmo, em primeiríssimo plano, falando muito alto e, portanto, integrado a esse complexo música-ruídos-falas evocado anteriormente. À medida que a câmera se aproxima desse rosto, deixa-se de distinguir seus traços e se passa insensivelmente ao muro.

Assim, em certos momentos culminantes do filme, esse complexo poderá reaparecer brutalmente. Será preciso desenvolver todo um discurso paranoico, burocrático, despejado num tom rápido e, no entanto com uma voz grave, ligado a imagens que talvez se inscrevam no próprio rosto, imagens de ruas, cidades, corredores, escritórios etc.

Também pensei que num certo momento esse rosto poderia ser composto, talvez, por uns quarenta vídeos apresentando as mesmas imagens urbanas, numa espécie de balé de figuras cambiantes, com sistemas de deslizamento de linhas, de simetrias, dissimetrias, ritmos, imagens que saltam etc.

A primeiríssima imagem do filme poderia partir de um tal rosto em decomposição: nessas condições, o que tinha sido proposto inicialmente com respeito ao encadeamento do vento, da música, das falas e do ruído, se apresentaria numa ordem diferente, o horizonte do muro aparecendo no maior silêncio, depois de removidas todas as imagens ruidosas do rosto.

[3. ROTEIRO DA] PRIMEIRA PARTE

Elementos para o primeiro segmento:
Uma carroça na noite. Cavalo fosforescente — um pouco cor de malva — imagem escorregadia, pegajosa. (Penso na imagem do cão ao final de *Los Olvidados*.[3])

Aceleração louca: a carroça se espatifa contra o muro em cuja direção ela se precipita. Cabeça despedaçada.

(Referência: a novela *Um Médico Rural*.)

Elementos do *break* final (alguns segundos):

· o jovem de *O Veredito* salta a balaustrada da ponte.

· signo da mão, ao longe, através de uma janela, alguns segundos antes da execução de K. em *O Processo*.

Elementos para o segundo segmento:
Mesmo movimento da carroça.

Mas no momento em que a aceleração se torna muito forte: brusca parada. (Como no texto que te passei.) Os personagens dos camponeses são quase anãos; estão vestidos com sobrecasacas, um pouco medievais, que lhes dão uma silhueta cômica. Cada um mantém suas distâncias. (Espécie de balé formal, estilo Jancsó.[4])

Durante alguns segundos.

Cena final, no interior do corredor da fazenda: os mesmos personagens, no plano de fundo um pouco nebuloso (não sei o que haverá no primeiro plano), atravessam o campo a toda

---

3 Filme mexicano de Luis Buñuel.

4 Referência ao cineasta húngaro Miklós Jancsó. Segue um esquema que representa K. beirando o muro. Ao nível do muro, *"três silhuetas apenas entrevistas [d]os soldados do final"*.

velocidade. (Na realidade, serão silhuetas montadas sobre trilhos.)

· Rosto de mulher, olheiras; ela chorou muito. Conversa lenta, atenta, numa língua estrangeira. Brutal interrupção autoritária, do tipo: "Eu cuido disso tudo, vou retomar tudo em mãos."

· Imagem muito rápida da cena de explosão do baile.

Para o terceiro segmento:
A carroça, lentamente, ao longo do muro; tarde de verão; vegetação.

As pernas do rapaz sentado no muro.

K. entra na fazenda. Silhueta congelada – no segundo plano – de um desses personagens cômicos.

K. entra no quarto onde dois velhos comem sua sopa. A cena continua com as crianças; até a irrupção do cliente.

Mas aí o encadeamento se faz com o funcionário vicioso do fim do filme que persegue uma jovem. (Cena do violino etc.)

(Desfile ridículo da orquestra etc.)

Para o quarto segmento:
Os dois velhos se levantam. Arrumam a carroça. Conduzem K. através de um celeiro em direção a uma porta. Névoa; cena da banheira; da lavanderia. As pernas das crianças que descem a escada. Esboço da cena do muro.

[4. DECUPAGEM DA PRIMEIRA PARTE]

Break I

[Descrição do primeiro plano:] Ia

[Imagem I:]
Plano sequência: Um muro branco acinzentado visto de frente, e em sobreimpresssão (ou qualquer outro procedimento a determinar, por exemplo, por imagens intercaladas) um rosto em primeiríssimo plano, mas que mal se consegue distinguir.

À medida que a câmera se aproxima do muro (ou por efeito de *zoom*), insensivelmente, o rosto perde todo contorno, só aparecem ainda vagamente olhos fixos e uma boca que fala.

[Som I:]
Um discurso feito rapidamente, mas numa tonalidade grave, ou progressivamente se transformando numa música surda. Esta música, massa sonora arrítmica, se transforma pouco a pouco num assobio de vento que se apagará a si mesmo até chegar a um silêncio completo.

Não se compreenderá o texto senão de maneira intermitente, visto que, gradualmente, a mesma voz superpõe-se a ela mesma e algumas vezes essa superposição triplicará ou quadruplicará, de maneira brusca. Os textos de base serão extraídos dos relatórios dos processos de Moscou, por exemplo, a última declaração de Karl Rudels:

- *O presidente: Acusado Rudels, o senhor tem a palavra para sua última declaração.*
- *Rudels: Cidadãos juízes! A partir do momento em que*

reconheci ter traído a pátria, toda possibilidade de defesa está excluída. Não há mais argumentos por meio dos quais um homem maduro que não é desprovido de consciência poderia justificar a traição da pátria. Tampouco posso pretender a circunstâncias atenuantes... Mas quando ouço dizer que nesse banco dos réus estão sentados simplesmente bandidos e espiões, eu me levanto contra essa afirmação, já não do ponto de vista de minha própria defesa, visto que reconheci haver traido, de meu ponto de vista, do ponto de vista dos senhores humanos, que traí conspirando com generais ou não: não tenho a presunção profissional de admitir a traição com generais e de condená-la com agentes... Se os senhores estão lidando apenas com simples criminosos de direito comum, com alcaguetes, como podem estar certos de que aquilo que dissemos é a verdade, a verdade inabalável? É por isso que me levanto contra a afirmação de que nesse banco de réus estão sentados criminosos de direito comum que perderam todo sentimento humano. Eu não luto por minha honra, eu a perdi: luto para que as declarações que fiz sejam reconhecidas como verdadeiras não por esta sala, pelo procurador ou pelo tribunal que me conhecem a fundo, mas por um meio consideravelmente mais vasto, que me conhece há 30 anos e que não pode compreender como pude despencar tão baixo..."
- (Extratos de: *Le procès du Centre Antisoviétique Trotskyste devant le Tribunal Militaire de la Cour Suprême de l'URSS* [O processo do Centro Antissoviético Trotskista diante do Tribunal Militar da Corte Suprema da URSS], Moscou, 1934, édition française, 1937, página 564 e ss.[5])

5 Guattari tomou esse diálogo de Y. L. Pyatakov, K. B. Radek, G. Y. Sokolnikov, L. P. Serebryakov, N. I. Muralov, Y. A. Livshitz, Y. N. Drobnis, M. S. Boguslavsky, I. A. Knyazev, S. A. Rataichak, B. O. Norkin, A. A. Shestov, M. S. Stroilov, Y. D. Turok, I. Y. Hrasche, G. E. Pushin e V. V. Arnold, acusados de traição, es-

[Descrição do segundo plano:] Ib

[Imagem 2:]
Por fusão encadeada ou qualquer outro procedimento, passa-se sem solução de continuidade, sem ruptura de intensidade luminosa, "através do muro".

Pouco a pouco, uma linha horizontal se desenha. Parece que se está numa planície e que se avança diante de um muro ainda muito distante. Esse muro atravessa horizontalmente o plano e o corta ao meio, de ponta a ponta.

Brusco choque da câmera e retorno ao plano fixo.

De novo um sacolejo "desajeitado", depois uma oscilação suave, está numa carroça puxada por uma mula — até esse momento não se havia visto a mula.

Vê-se, em primeiro plano, um braço vestido com um grosso tecido camponês (à direita do plano).

Uma mão anelada atravessa rapidamente o plano.

Recuo da câmera: vê-se:
· a mula (em *plongée*);
· por ocasião de um caos [sic], dois personagens, vistos de costas: um camponês e K. vestido de preto.

[Som 2]:
Da massa sonora se destacam progressivamente ruídos de passos da mula e rangidos da carroça.

---

pionagem, desvio, atividades de sabotagem e preparação de atos terroristas contra o país — crimes cobertos pelos artigos 58 (1a), 58 (8), 58 (9) e 58 (11) do Código Penal da URSS. O texto que Guattari atribui a Karl Rudels na verdade foi pronunciado por Karl Radek. [Nota de Jakub Zdebik, em sua tradução do texto para o inglês, publicada em *Deleuze Studies*, v. 3, n. 2, dezembro de 2009.]

[Descrição do terceiro plano:] Ic

[Imagem 3:]
Aceleração da decupagem.
Rápida sucessão dos planos.
· Plano geral da carroça.
· Primeiro plano dos olhos da mula (sem olheira).
· Primeiro plano das mãos.
· Primeiro plano de um papel que transborda do bolso do camponês.
· Plano frontal sobre o muro que se aproxima, mas que vacila em razão dos movimentos da carroça.
· No caminho se pára, mas muito rápido, sem distinguir direito do que se trata: três cabeças fixas acima do muro. [Nenhuma indicação quanto ao som 3]

[Descrição do quarto plano:] Id

[Imagem 4:]
Pouco a pouco os movimentos da carroça se centram nas três cabeças acima do muro. A do meio está situada um pouco acima das duas outras. Ela tem uma longa barba ruiva.

De modo brusco, intercalam-se na sequência anterior planos onde se vê a mesma carroça parada e os dois personagens — K. e o camponês — que gesticulam nervosamente. Compreende-se que o camponês se recusa a ir mais longe: ele tem medo. [Nenhuma indicação quanto ao som 4]

Break 2[6]

---

6 A partir daqui, Guattari não mais decupa os planos. Nós recompusemos a sequência.

[Imagem 5:]

De repente o filme fica branco, varrido pela película que parece cortada. Pouco a pouco se percebe que não é um incidente técnico, pois

1) alguns números aparecem,

2) em sobreimpressão, *muito levemente*, reaparecem as três cabeças.

[Som 5:]

Ruído de um aparelho de projeção cuja película está cortada.

[Imagem 6:]

Escuridão brutal: longo plano sequência à direita, o muro e K. visto de costas (a uns vinte metros). Ele avança em direção a uma árvore escura. Por vezes ele gira a cabeça em direção ao muro como se ele buscasse reencontrar as três cabeças. Aproxima-se de um outro camponês que está parado na margem da estrada, um pouco adiante da árvore.

Plano aproximado: K. interpela o camponês.

[Som 6:]

K.: "Quem era o cara no muro, há pouco?

- Nenhuma resposta.

K.: "Desculpe, senhor, não há um albergue por aqui?"

- Nenhuma resposta.

K.: "Senhor, estou lhe falando."

O camponês: "Sim, e daí?"

K. "Há um albergue?"

O camponês: "Um albergue."

K.: "Senhor, eu lhe rogo, queria encontrar um albergue para esta noite."

O camponês: "O que o senhor faz aqui?"

[Imagem 7:]
O camponês indica a K. a direção de onde ele vem.
Ele se volta sem responder a K. E se distancia em direção à árvore.

[Som 7:]
K. (desconcertado): "Mas escute, tenho coisas para fazer."
O camponês: "Ele tem coisas para fazer!"
O camponês: "Pouco me importa, afinal! Vá por ali, se quiser, o senhor verá..."
K.: "Senhor..."

[Imagem 8:]
K. parte na direção indicada, ele vai mijar ao longo do muro.
[Nenhuma indicação quanto ao som 8:]

Break

[Imagem 9:]
Durante um segundo aparece a imagem de Frieda, quando ela se levanta apoiada sobre o cotovelo, no momento em que Klamm bate na porta.
Ouve-se o camponês falando com uma mulher. Percebe-se que uma mulher tinha ficado na sombra, sob a árvore, espiando-os.

[Som 9:]
A mulher: "Mas o que o senhor está fazendo com esse porco aí!"

◆

A BORDO DE UM VELEIRO DESTROÇADO

Peter Pál Pelbart

Um dos autores mais tímidos, reservados e enigmáticos de seu século, que jamais atribuiu às suas "garatujas" qualquer ambição de compor algo como uma "obra", envolto, ademais, na longínqua atmosfera do Leste europeu de seu tempo, é aqui catapultado por Félix Guattari para o nosso século cinematográfico e os problemas mais candentes de nossa atualidade micro e macropolítica. O que justifica esse salto? Em que consiste essa "máquina literária" que Kafka teria inventado e que extrapola a literatura, a sua época, bem como o conjunto de temas e sentidos que rondam a recepção planetária de sua obra: a culpa, a solidão, a submissão à Lei, a transcendência, a angústia do ser humano moderno? O que interessa a Guattari é precisamente o modo pelo qual, em Kafka, tudo isso *arrebenta*, de que maneira o *poder* disso faz água, e, com isso, também uma modalidade de *exercício do poder*. Sim, temos em Kafka detalhes minúsculos, gestos ínfimos, imagens incongruentes, sonoridades inaudíveis. É a partir de tais singularidades diminutas e seus efeitos descomunais que por vezes algo descarrilha – toda uma "micropolítica do incidente". Mas sobretudo, importa a Guattari o modo pelo qual um processo assignificante *atravessa* a textura significante, desencadeando "linhas de fuga mutantes, tanto lógicas como afetivas". Pense-se no efeito de enigma e ambiguidade tão característicos na leitura dos escritos do autor tcheco. Eles disparam no leitor, em paralelo ao discurso literário manifesto, um "trabalho de processo primário, através do qual se expressam as potencialidades inconscientes de toda uma época". O efeito Kafka só é compreensível para Guattari a partir dessa molecularidade em que são como que varridos os personagens e mesmo as situações, numa polivocidade extrema na qual os elementos sonoros, visuais, gestuais não necessariamente confluem, produzindo algo como um sistema de intensidades particular que explode polifonicamente a narratividade que parecia acolhê-los, e os estrangulamentos nos quais pareciam encerrados.

É o que se vê na leitura dos sonhos de Kafka, que Guattari colheu ao longo das cartas e diários, não para interpretá-los, mas mostrando como eles funcionaram para o próprio Kafka, que atenção "vigilante" (e não "flutuante") eles requisitaram dele, como eles começam precisamente naqueles momentos em que o sentido colapsa, nos pontos de singularidade a partir dos quais proliferam, bifurcam, engendrando outras formações imaginárias, ideias, coordenadas mentais. O que os caracteriza, entre outros traços, é que operam com elementos do teatro, da dança, do cinema, das artes plásticas, da própria literatura, claro... Mas ao invés de serem reconduzidos, por Kafka ou por Guattari, a um conteúdo latente, a um sentido privado, espraiam-se em esferas coletivas, produzindo "mutações de universo", de tempo, de espaço, de vontade, de corporeidade. Na verdade, não são apenas sonhos, mas parte de um dispositivo de escrita, componentes de sua "máquina literária". Uma nota redigida pelo autor de *O anti-Édipo*, no início dos anos 1970, já insistia nessa direção: "O trabalho onírico dá origem às atividades criadoras as mais radicais, enquanto máquina de desterritorialização destinada a fazer voar pelos ares os sistemas mais territorializados, egóicos, familiares, raciais etc." Todo sonho teria uma dupla leitura possível: seja aquela em que se o recupera para edipianizá-lo e interpretá-lo, seja aquela outra que abre o texto para "maquiná-lo, traficá-lo, ver até onde isso poderia levar". Daí a ambição esquizoanalítica em elaborar uma técnica de análise dos sonhos "sem recorrer à associação livre, a noções como a de um conteúdo latente – conteúdo manifesto", e na qual "pouco importam as fantasias". É quando surge o exemplo explícito de Kafka, onde se propõe uma "leitura maquínica das linhas de não sentido".[1]

No fundo, a obra inacabada de Kafka como um todo, incluindo aí diários, cartas, novelas, romances, é para Guattari exatamente isso: uma estranha máquina expressiva, não só habitada por sequências contemplativas que ressoam sob um modo poético, como no início de sua produção, mas sobretudo por crises, por pontos de estrangulamento, por percussões, despedaçamentos, nos quais se leem, ao mesmo tempo, impressões de *déjà vu* e pressentimentos de catástrofes, onde o mais íntimo diz respeito ao maior número.

A leitora e o leitor não encontram aqui, pois, mais um livro *sobre* Kafka, seja uma tese inovadora ou uma hipótese original que já não estivesse parcialmente anunciada ou desenvolvida no estudo publicado pelo autor juntamente com Deleuze em 1975 – *Kafka, por uma literatura menor*. Mas têm acesso a rastros da "obsessão" de Guattari em torno de seu autor predileto, que antecede em muito o livro conjunto, e o acompanha bem além de sua publicação.

Guattari orgulhava-se de que seu primeiro paciente esquizo tenha sido um jovem judeu parecido com Kafka, e que se identificava com ele. Passavam várias horas por dia juntos. O nascente esquizoanalista lhe sugerira recopiar *O Castelo*, e o paciente gravava suas leituras do texto, técnica "mágico-maquínica do gravador".[2] Depois da publicação de *O anti-Édipo*, e em meio a

1 Félix Guattari, *Textes pour l´Anti-Œdipe*. Ed. Stéphane Nadaud. Paris: Lignes & Manifeste, 2004, p. 497.

2 Félix Guattari, *Textes pour l´Anti-Œdipe*, op. cit., p. 206.

sua repercussão bombástica, Guattari se reconhece nas dificul-dades do autor de *Um artista da fome*, e sonha em "encolher-se". Em seu *Diário*, em 1972, se lê a marca kafkiana: "Escrever para não morrer, para morrer de outra maneira." Entrevemos assim um comovente devir-Kafka de Guattari. Ora, é o caso de reite-rar aqui uma lição guattariana das mais agudas: Kafka não é o autor que foge do mundo, mas que, empunhando-o, faz fugir um mundo. Se por vezes somos tomados num devir-Kafka, nos mais diversos contextos e sentidos, isso não se resume ao fato de nos sentirmos processados ou culpados ou acuados, mas im-plica sobretudo desparafusar os mecanismos que conduzem a tais impasses. Kafka se apresentou aos olhos de Guattari preci-samente como uma saída diante do impasse vivido naquele pe-ríodo, entre outras coisas, um aliado para não se deixar capturar inteiramente pela "máquina-Deleuze", como ele escreveu, per-mitindo-lhe uma respiração própria. Mas precisamente o "pró-prio" passava por esse "outro": "conjunção de duas máquinas: a máquina literária da obra de Kafka e minha própria máquina de (*sic*) Guattari."[3] Se nos anos seguintes a paixão pelos escritos kafkianos só faz aumentar, a ironia é que o livro sobre Kafka será escrito juntamente com Deleuze — como se Guattari tivesse tido que passar por Kafka para retornar a Deleuze redivivo, com um novo impulso —, propondo ali conceitos cuja importância não para de crescer, tais como rizoma, agenciamento e agencia-mento coletivo de enunciação.

Nos textos aqui reunidos, posteriores ao livro sobre Kafka, mas prolongando intuições anteriores a ele, a obra do escritor tcheco não é vista apenas como aquele "relógio" que adianta a história, e assim apreende as *forças diabólicas* que batiam à porta no início do século XX, tais como o americanismo, o stalinismo,

3 Ibidem, p. 497.

o nazismo (*Amerika, O Processo, O Castelo*), mas também e sobretudo como um modo particular de investir numa molecularização assignificante cujo efeito é não só arrebentar as formas molares de captura, mas operar uma proliferação semiótica fecunda. Compreende-se, assim, a que ponto Guattari viu nessa "máquina Kafka" não uma fórmula literária, mas um dispositivo expressivo, uma potência psicopolítica.

MÁQUINAS E AGENCIAMENTOS

A leitora e o leitor têm todo o direito de perguntar por que essa palavra "máquina" associada a um autor que certa tradição situa mais perto dos anjos. Bastará justificá-la mencionando as máquinas descritas por Kafka com tanta minúcia, por toda parte, sendo aquela da colônia penal apenas a mais literalmente mecânica? Ou será preciso acrescentar que uma máquina nunca é apenas técnica, ela é sempre parte de uma máquina social que usa os homens como peças de sua engrenagem, como ele tão bem soube mostrá-lo? Contudo, como já o notava *Kafka, por uma literatura menor*, as pessoas não só fazem parte da máquina enquanto realizam seu trabalho, mas em suas atividades adjacentes, em seu descanso, em seus amores, em seus protestos, em suas indignações.[4] Assim, o mecânico é parte da máquina mesmo no momento em que deixa de exercer sua profissão, o foguista dela faz parte também quando corre atrás de Line, a máquina da justiça inclui escritórios, livros, símbolos, mas também mulheres, acusados, fluxos eróticos, e a máquina de escritura que existe num escritório é composta igualmente de

4 Gilles Deleuze e Félix Guattari, *Kafka, por uma literatura menor*. Trad. Cíntia Vieira da Silva. Rev. da trad. Luiz B. L. Orlandi. Belo Horizonte: Autêntica, 2014, cap. 9.

secretárias, subchefes, patrões, toda uma distribuição hierárquica, mas também libidinal... Por conseguinte, não há máquina puramente técnica, toda máquina já é parte de uma máquina mais ampla, de uma maquínica e de uma maquinação na qual entram o desejo e as conexões. Kafka não cessa de mostrar seus personagens precisamente nessa posição de adjacência em relação a elas – é a função K.

Ora, no mundo de Kafka os enunciados fazem parte integral da máquina, o protesto ou indignação do empregado também... Como alto funcionário de uma companhia de seguros, ele sabia disso perfeitamente, já que se encontrava precisamente no entrecruzamento entre o mundo do trabalho concreto, com seus acidentes em meio às máquinas diversas, e as queixas, os processos, as provas, as indenizações: as máquinas e os enunciados. E na sua inclinação socialista, até mesmo anarquista, ocorria-lhe surpreender-se: "Em vez de tomarem a casa de assalto e saquearem tudo, eles vêm suplicar-nos."[5] Em todo caso, é na intersecção entre esse nível material e enunciativo que se insere a máquina de escritura, que ecoam não apenas livros lidos ou esquecidos, mas, sobretudo, o ranger dessas máquinas todas, ali onde elas emitem novos sons, novas enunciações. Que a obra posterior de Deleuze e Guattari tenha se deslocado da noção de *máquina* para priorizar a de *agenciamento* não diminui em nada o frescor e a utilidade da teorização dessa dimensão maquínica, crescentemente presente no mundo contemporâneo e nos agenciamentos que o caracterizam.

Kafka, para Deleuze e Guattari, é o nome de um agenciamento coletivo de enunciação. Sua solidão é povoada, sua individualidade é coletiva, sua enunciação é a de um povo, mesmo que

5 Klaus Wagenbach, *Franz Kafka: les années de jeunesse, 1883-1912*. Paris: Mercure de France, 1967, p. 68.

esse povo ainda não exista, ou esteja por vir, ou jamais venha a existir. Segundo o depoimento comovente de Milena, "ele nunca buscou colocar-se ao abrigo das coisas, jamais... Ele é sem refúgio, sem teto. Por isso está exposto a tudo, contrariamente a nós, que estamos protegidos. Dir-se-ia, um homem nu em meio àqueles que estão vestidos".[6] Kafka é o Desterritorializado, é o Celibatário que, ao recusar a captura conjugal ou familiar ou nacional ou religiosa (a Lei), carrega consigo uma outra comunidade, virtual. Não é de admirar que ele sirva para repensar o estatuto da própria comunidade hoje, fosse ela (im)possível, a partir de um contexto perturbador em que colidem e se entrelaçam a solidão e a multidão, num jogo aberto cujo tabuleiro está por ser redesenhado. Pois em seus livros, como notou Blanchot, a "impossibilidade da existência comum, a impossibilidade da solidão, a impossibilidade de permanecer nessas impossibilidades"[7] se veem constantemente reviradas: mundo condenado, mundo de esperança, mundo fechado, mundo infinito, e o obstáculo que, afinal, torna-se degrau.

Não forçaremos demais esses curtos textos de Guattari ao postular que as linhas que eles deixam soltas, muito finas, que vêm dos sonhos, que tratam de processos, que se dirigem a um filme, constituem pequenos indícios de um anseio guattariano, de uma aposta, de uma ambição até, diríamos, de relançar a "projeção" de Kafka. Não no sentido extensivo, ampliando esse renome que só fez pesar sobre a qualidade de sua recepção, mas intensivamente. Assim, Guattari aceitou organizar uma exposição no Centro Georges Pompidou por ocasião do centenário do nascimento do autor, intitulada *O Século de Kafka*. Mas justamente,

6 Ibidem, p. 169.

7 Maurice Blanchot, *De Kafka à Kafka*. Paris: Gallimard, 1981, p. 69.

parece que ele não se satisfez em notar a que ponto o século XX foi o de Kafka, que soube "antecipá-lo" como ninguém. Foi preciso dar mais um salto, presente no último dos textos aqui publicados: "Por muito tempo descreveu-se Kafka como um literato do século XIX; na verdade, sua abordagem dos processos do inconsciente social talvez o situe no patamar do século XXI, ao nível do que poderia ser um cinema do século XXI".

É onde nos deparamos com o devir-cineasta de Guattari, no seu projeto ("desmedido", comenta ele) de fazer um filme *de* Kafka. Não um filme *sobre* Kafka, mas o filme que Kafka *teria feito*. Ora, não poderia ser um filme *noir*, sombrio, já que sua obra é essencialmente humorística, violenta e alegre. Um filme *de* Kafka tampouco poderia ser calcado em "personagens", "indivíduos" submetidos a situações claustrofóbicas, num regime intersubjetivo trivial, como nas adaptações cinematográficas que transpõem a trama. Tudo é mais complexo e sutil, mais *dessubjetivado*, mais molecular. Daí a pequena pérola dessa coletânea, ao mesmo tempo a mais inacabada, "descosturada"; o mais "experimental" dos textos aqui presentes: o esboço de roteiro de Guattari onde o "personagem" central é um muro, ou um rosto em decomposição, atravessado por ventos, música, falas — é a rostidade como dispositivo subjetivante se desfazendo, em favor de uma outra *política* do rosto. Sim, há os jorros paranoicos (como a defesa atormentada do réu trotskista durante um processo stalinista, transcrição literal dos processos de Moscou), ou acelerações bruscas, interrupções. Ou o salto sobre a balaustrada do jovem suicida de *O Veredito*, um cavalo olhando pela janela como em *Um Médico Rural*, bem como diálogos entrecortados, sobreposições, intervalos brancos... O essencial, em todo o caso, são os sistemas de intensidade que aparecem, "mudanças na gravidade, nas coordenadas de tempo e de espaço, espécies de dilatações ou de retrações de todas as semióticas perceptivas". Não sabemos se as indicações concretas do roteiro escrito por Guattari tornariam possível um tal filme – é o que menos importa. Talvez haja aí, no fundo, a ideia ("desmedida") de que um outro filme-do-mundo pode dar-se a ver a partir de Kafka. Como se sabe, a bibliografia em torno de Kafka é imensa. Graças às interpretações mais fortes, como a de Adorno, Benjamin, Anders ou Blanchot, até as mais heterodoxas, como a de Deleuze-Guattari, é certo que Kafka foi salvo das leituras redutoras, religiosas, psicanalíticas ou sociológicas, preservando-se aberta sua fortuna crítica.

Os textos aqui reunidos não têm ambição alguma de "encerrar" esse processo ou acrescentar a ele novas provas, como o diz Guattari carregando no duplo sentido do termo processo. Seu propósito parece ser inteiramente outro, mais modesto e, talvez, mais ambicioso. Supondo que a escrita de Kafka extrapola sua obra, que ela mexe com um inconsciente histórico de maneira inusitada, que ela inventa operadores analíticos de disjunção e transbordamento próprios, que ela investe, ao tomar as paradas e as acelerações intensivas, em outras linhas de escape — onde a processualidade aparece como um reverso necessário da precariedade que juntas arrastam-nos para o coração do nosso presente, isto é, para fora dele —, Guattari parece sugerir que essa obra nos fala então, precisamente, não a partir de um passado, mas de seu futuro, oferecendo instrumentos inusitados cuja operatividade ainda está por ser descoberta.

Talvez seja o sentido da leitura em duas vias que estes textos tornam possível: abordagem "cinematográfica" dos sonhos do autor, por um lado, roteirização "onírica" de um filme virtualmente seu, por outro — mas o onírico em Kafka é o mais depurado, sóbrio e rigoroso dos dispositivos, como sua língua, aliás, em tudo distante do lirismo brumoso de seus contemporâneos, é estritamente "descritiva". Munido dessa máquina de expressão kafkiana, e indo de um polo a outro, Guattari deixa entrever como o sonho e o cinema, focos privilegiados de enunciação subjetiva na contemporaneidade, podem ensejar mutações na enunciação coletiva — desde que sejam liberados da depauperação semiótica de que foram objeto, reabrindo-se a uma cartografia assignificante do desejo, a partir daqueles pontos onde tudo parece ir a pique.

Pois é isso que está sempre em jogo também — o ponto a partir do qual algo vai a pique. As viagens que Kafka realizou através da sua escrita, e aquelas às quais ele ainda nos convida, não são, como o notam Deleuze e Guattari, as do "burguês num navio", "todo cercado de grandes efeitos", cruzeiro Paquet[8], mas a viagem-esquizo "apoiada em algumas tábuas que se entrechocam e se fazem afundar reciprocamente".[9]

Certa feita, indagado por um jovem interlocutor se vivíamos num mundo destruído, Kafka respondeu: "Não vivemos num mundo *destruído*, vivemos num mundo *transtornado*. Tudo racha e estala como no equipamento de um veleiro destroçado."[10] A máquina Kafka é aquela que dá a ouvir tais estalos e rangidos, zunidos e alaridos, ecos e cantos.

Peter Pál Pelbart

---

8 Modalidade consagrada de cruzeiro francês.

9 Gilles Deleuze e Félix Guattari, *Kafka, por uma literatura menor*, op. cit., p. 104.

10 Gustav Janoush, *Conversas com Kafka*. Rio de Janeiro: Nova Fronteira, 1983.

A edição original deste livro, intitulada em francês Soixante-cinq rêves de Franz Kafka, *é de responsabilidade de Stéphane Nadaud, a quem cabe o mérito pela pesquisa dos manuscritos no IMEC (Institut Mémoire de l'Édition Contemporaine), sua seleção, bem como notas de esclarecimento e alterações em vista de sua publicação.*

n-1

O livro como imagem do mundo é de toda
maneira uma ideia insípida. Na verdade
não basta dizer Viva o múltiplo, grito de
resto difícil de emitir. Nenhuma habilidade
tipográfica, lexical ou mesmo sintática será
suficiente para fazê-lo ouvir. É preciso fazer
o múltiplo, não acrescentando sempre uma
dimensão superior, mas, ao contrário, da
maneira mais simples, com força de sobriedade,
no nível das dimensões de que se dispõe,
sempre n-1 (é somente assim que o uno faz
parte do múltiplo, estando sempre subtraído
dele). Subtrair o único da multiplicidade a ser
constituída; escrever a n-1.

GILLES DELEUZE E FÉLIX GUATTARI

Dados Internacionais de Catalogação na Publicação (CIP) de acordo com ISBD

G918m   Guattari, Félix

         Máquina Kafka / Félix Guattari ; traduzido por Peter
Pál Pelbart. - São Paulo : n-1 edições, 2022.

         76. ; 14cm x 21cm.

         Inclui índice.

         ISBN: 978-65-86941-86-9

         1. Literatura. 2. Estudo literário. 3. Filosofia.
4. Psicologia. I. Pelbart, Peter Pál. II. Título.

2021-429   CDU 800
                                                                 CDU 8

Elaborado por Odilio Hilario Moreira Junior - CRB-8/9949

Índice para catálogo sistemático:
1. Literatura 800
2. Literatura 8